我有一個關於不倫的，
小問題

許俐葳

I've Got
a Little
Problem

目次

「肉與眼」的重磅回歸

張亦絢（作家）

我有個不太會讀書的遠親，對我說過一件事。少年時，他在建教合作中，去到工廠工作。有天哥哥去看他，發現工廠太危險了，於是想辦法把他弄離開。這讓我想到：任何人都可能停留在自己不了解的環境裡，但不是人人都有哥哥去探望。

這個命題放在成年人的感情裡，又更複雜。因為我們假設成年人都該自己負責，所謂「環境」，往往藏在比工廠私密多了的空間。

「……銅牆鐵壁的女性主義者，她絕對會非常唾棄和看我不起……」小說《我有一個關於不倫的，小問題》中有這一句。令人感興味的是，這種「被賤」意識，甚至催化了女主角主動進入「不倫」。如果說，叛逆是成長的開始，叛逆女性主義，對其說「呸」，也未嘗不可。

不過，以為女性主義者與不倫，如同油水分離，這真誤會大了。當我還年輕時，外部宣稱要毀掉我們，總說要公布某一女性主義者不倫。「一個？」我笑道：「消息也太不靈通。」至於內部呢，聽說大老曾祭出一語：「凡涉不倫，不可再擔任婦運領袖。」大家也搖頭：「難喔。」然而，若說全不戒慎，也不是真的。因為，當年建立德國綠黨的女性主義者被揭露，在公領域強悍的她，私下卻病懨懨地依賴某不倫關係，悲劇以終[1]。那該是對我輩的震撼事件。認真說來，姦情史，就是愛情史。耶穌著名的故事之一，是對向犯淫女人丟石頭的眾人道：「你們當中誰沒罪，就拿石頭丟她。」眾人於是散去，耶穌就說不定女人的罪——基督教的故事到此為止。但從文學或人類史的角度來看，最重要的部分根本沒開始。那該開始的就是：女人，妳的故事是什麼？

強文學與弱心智：戀愛中的文化遷徙與退行慰藉

許俐葳的《我有一個關於不倫的，小問題》，首先是洗練、鏗鏘、技藝純熟的一流小說。結構巧妙，層次細緻。語言是大膽的裸裎但少「套用現成」——文學性的老練，處理的卻是心智相對晚熟稚拙的狀態。這個反差有相當的可觀性。

把都過三十的主述者，說得那麼不老成，這並非矯情——有兩個解釋，環境的與戀愛的。約會的餐廳有點檔次、花錢，「我」說不如去摩斯，男友覺得這辱沒了他的地位——這是戀愛，也是階級上升的場景。出生優渥的人應會把男主當成暴發戶，除非想打破階級，不然帶有彆屈味的階級露餡很尷尬——女主相對能包容。她不貪財，然而跟著上升總比下降好。在這個新世界裡，男主展示「妳跟著我可以學到東西」的方式很精緻，女主變成「被指導者」——不是地理，而是文化性的遷徙，會造成能力懸殊。再者，戀愛本就與退行（regression），一而二，二而一。女主焦慮己不如人時，會在男主前大哭，預示兩人互為母子：小孩跌倒未必會哭，看到（父）母親才會哭。兩者互動都有較常人更強的「母性慰藉」，感人之餘也危險——因為，母性

1 佩塔．凱莉（Petra Kelly, 1947-1992），警方的說法是遭同居情人在睡夢中殺死，同居情人再自殺。早年出土的文章多提到她在感情中的嚴重依賴性，但較晚的研究則提出不同看法。

原則[2]對應的本就是在沒有「法」的階段。小說引入了若干他人視點，呈現客觀而言，男女主並沒那麼特別或傑出，但彼此互撐——「情人眼中出西施」，這在戀愛中很自然，也屬正當。

黑戀愛與第三者文學：從主角到主體

不過，男人已婚。

這使我們很難不回顧並驚奇，「第三者文學」在台灣文壇曾蔚為主流。蘇偉貞的〈紅顏已老〉與廖輝英的〈不歸路〉都獲文學獎：前者寫過不少女子拯救不歡婚姻中男子的文本，女子一律超然、淡泊。廖輝英的典型則大異其趣，「紅顏」乏味，是深恐在父權社會裡掉價的惶然者。

兩極之間，李昂揭露較多的性慾，袁瓊瓊〈自己的天空〉的結局犬儒但溫和，朱天文〈世紀末的華麗〉的米亞自命外於男性文明，離浮世尚遠。近代作家筆下的「第三者」大約可歸納出三個傾向，一是褪去情婦「狐狸精」的刻板印象；二是保持了對婚姻的貶抑——最後，則是與社會其他部分或「法定婚姻」相安無事。外國作品中，吉本芭娜娜為了體恤「婚外親密」的「公益性」，曾不惜設定妻子是植物人。《夏日之戀》是風格傑出的兩男一女混交史，但楚浮的改編電影已看到形式的解放，仍有壓制女性的父權回返。《我有一個關於不倫的，小問題》整體而言，較前人挖掘更深，筆觸更活。

2「母性原則」不是最適當的詞彙，容易被誤解只連結生物女性。但因為已為一般通用，故採之。小說中具相當「母性傾向」的即為男主角。

除了主述者「我」不倫，「我」的已婚好友小捲也與女同志上司擦槍走火，進而由小捲維持住，恩格斯在《家庭、私有制和國家的起源》中說的，「以通姦為補充的一夫一妻制。」[3]。——這兩個不倫模式讓我們看到作者戮力的主旨：在某些狀況裡，性別不是問題，婚姻才是。

小說的精湛之處，並不只在寫出「黑戀愛」有多「黑」，重要的是，比起迴腸蕩氣或愛到卡慘死，《我有一個關於不倫的，小問題》更近似「以語言介入不倫的敘事」——這是使「第三人」從「主角」變成「主體」，也是小說與過往作品最大的差別。

祕密外交的（不）倫理策略與肌膚的道理

一般來說，沉默與被判定沒有說話資格有關，但以這部小說為例，不倫噤聲的原因，是更實際與結構的。因為外遇者是在仍要「保護」已有婚姻的前提下開始戀愛。用人類學家如埃里蒂埃（Héritier）的「婚姻結盟論」概念延伸，這種類型可視為外遇者意欲擁有雙邊關係，但一邊公開，一邊是「祕密外交」。而處於「祕密外交」的一方，自被迫保密。我本覺得讀薩德、巴塔耶或《危險關係》都沒什麼悖德太困擾我，但讀《我有一個關於不倫的，小問題》時，有幾處還是讓我經歷了如同被放血的驚駭。原因不在於戀愛者「沒有把持」，而是外遇者認為將祕密外交對象「被縮小與局部化」的處境，設為常態，是行得通的。

十九世紀時，情婦在歐洲是拿來公開炫耀的。至於演進到今日的法律，

3 原句是「以通姦與賣淫為補充的一夫一妻制」，但因小說與賣淫無關，為免誤會而暫略「賣淫」。

過去在廢除「妾制」時也非平順——儘管婚姻法多希望以人格平等為締約精神，但社會存在「隱藏的妾（包括男女）制」，又多對婚姻內外者採雙標，卻是不爭的事實。悖德小說的「惡空間」，多與哲學或意志有關，即便再驚世駭俗，也帶點理念味——但這並非這本小說的調性。相反地，它還原了一種更素樸的境界，近似「餓了就吃」——斯賓諾莎或許會稱為「自我保存」，布萊希特會說「不可輕忽的動物性」，而許俐葳大概更似井原西鶴，從中一舉斬獲了，文學性與社會性雜交締生的碩美果實。

自巴斯卡說過：「感情有理性所不知的理性（Le coeur a ses raisons que la raison ignore）。」之後，我們可以再加一句：「肉體有感情所不知的感情。」——這也是小說「身體好可怕」點題之準確，並發揮得極好的思緒：與其說小說人物「心裡怎麼想」，不如說「肌膚怎麼想」。——精神分析因此會發現，比「未解決的戀父情結」更豐富的面向；性別理論、社會學或常民史，會面質性慾規訓與婚姻建制衝突中的人權空窗——這類反思，還留待探討。作為初讀者，我謹先以該作「肉與眼」淳厚實在的重磅回歸，全心，且全肌膚推薦之。

人心有些地方原先是不存在的，
要等到受苦之後才出現。

——里昂．布洛伊（Leon Bloy）

1

有次，小捲用非常非常害怕，簡直餘悸猶存的語氣告訴我，「身體好可怕。」

我想她要說的是，身體好誠實。

查理第一次要我摸他，是在我家的沙發上。那是一張很舒適的L型沙發，布面寬大有彈性，可容四五人坐。沙發是房東原本就提供的，放在客廳正中央。這裡三房一廳一廚一衛，網路上找來的分租家庭式公寓。隔天是投票日，室友全數提早返鄉，除了我。在屋內人數總是保持在平均兩三人左右的狀況下，那可說是一段難得的獨處時光了。

查理打電話來，說要來找我。

在此之前，我們多次討論過該如何單獨相處的問題，只有一次提到了去旅館的選項。不是因為出遊而訂的旅館，而是為了旅館而去的旅館，這種事情到底要怎麼做呢。我們對此都不太拿手，在網路上亂查一通，據說他還一間間打電話去問是否有休息的房間。後來我總把那當做他是生手的證明。不管怎樣，以我的年紀或他的年紀，會問旅館櫃台這種問題，實在超級青少年的。

也有過去他家的選項。那時一切都還停在非常非常模糊的狀態。可以握手，可以碰臉，可以多聊一點體己話。然後呢？「妳準備好了嗎？」我沒有，但我想去他家看看。面對選項，可以要，也可以不要——那個時候的我，有的只是好奇心。人發情時總是覺得自己無所不能。強壯，激昂，自我感覺良好。

但查理退縮了。他很謹慎，仔細思考我是否會看到一些不該看的，某些照片擺飾或者生活痕跡之類的——包括社區樓下的管理員。他甚至想好了一套劇本應對。例如是攝影或採訪記者什麼的，我得帶著某個一次性身分才能進入他的家門。他小心翼翼，說擔心我看到「某些東西」會受傷，這句話是真的嗎？還是那是所謂的原則或一種推託，家是某種堡壘般的東西，他認為我不應該進到那裡？

我還來不及問，答案就來了。那天早上他家停水，連刷牙洗臉都沒辦法。查理還特地拍了社區公告傳來以茲證明。

「這是命運吧。」我說。

查理傳來一個旅館連結。「這裡很近。」他說。「妳會想來嗎？」

「我幹嘛千里迢迢跑到你家附近的旅館？」我說。「家跟旅館不一樣，你知道吧？」

查理什麼都沒回。事情就這樣過去了。下次見面，我無論怎樣鬧他逗他哄他，他都不開口——飯倒還是要吃的。我們沉默地揮舞刀叉，他選的仍然是我喜歡的餐廳。一直到上甜點，我才很小聲地說：我們慢慢來吧。

那個時候，查理很急，急得好像我們活在不同的時區。陷得太深的時候我會告訴自己，「當然了，他急著想上妳。」但其他時候，我覺得那樣的急是急不知道怎麼讓我們開始，像在手心握緊一枚紀念物那樣，沒有出一點汗水，不知道那是不是真的。

我們坐在沙發上。他很遲才開始碰我，親我的耳朵跟脖子，然後嘴唇。遲得像是今天就是來喝茶聊天的但怎麼可能。多麼像一句歌詞，已經沒有時間能浪費。我們去過很多地方喝茶聊天，但一根手指頭都沒有碰彼此。坐在桌子另一端的我非常鎮定，我們講講話可以，但談戀愛？怎麼可能。我為什麼要跟你談戀愛。起初，查理約我去他工作室附近一家很老的咖啡店。店裡只賣一種套餐組合，雞蛋三明治跟錫蘭紅茶，要價三百八。當時我還不知疲憊，興致勃勃當這一切是遊戲，坐在那邊慢吞吞地喝茶，他在對面看我。我們出去喝茶聊天，查理從沒讓我付過錢。

偶爾，他工作室的夥伴路過，都是比我年輕很多的小女生。查理會跟她們打招呼。久了讓我有點不自在。「我們應該換個地點嗎？」有次我問。

「喔，不會啦。她們其實也不太在意我。」查理說。

「這裡太貴了，不如我們去摩斯吧。」我說。

「去摩斯。妳以為我高中生啊。」他說。

「但摩斯的紅茶很好喝。」

「我不是妳朋友。我四十五歲了，才不要在摩斯約會。」

原來這是約會嗎，明明什麼事都沒有發生。但我並不想落入定義「約會」這個詞的迴圈裡，於是閉嘴不說話，低頭吃三明治。

幾次查理要起話題，會說這是早餐會報，要和我聊他下一部電影要拍的故事。但實際上我們聊不出什麼東西來。我沒話好講，查理也意不在此。咖啡店的窗戶又大又明亮。人來來往往。他坐在那裡，苦於無法跟我單獨相處。整個人被耗得精疲力盡，拿我一點辦法都沒有。後來他這麼形容自己：簡直像一個初戀的小男孩。

要不，我們握一握手吧，或者牽一根手指頭？我覺得他好可憐，討好的把手指彎起來，勾一勾又伸直。像電影《E.T.》裡的那樣，試圖安慰他。

「不如我們來牽腳吧。」他說。然後把腳伸出來。

那個動作並不性感，甚至像扮家家酒一樣蠢。但我一點猶豫也沒有的把腳伸出去，像給了他什麼禮物那樣。我的涼鞋踩在查理的球鞋上面，輕輕地打拍子，一下、兩下，可以感覺腳下奇異的重量像踩著一塊金子。我聽到自己心跳的聲音越來越大。不可能有任何肌膚接觸的機會但，那樣的沒有身體，不斷不斷不斷的讓我好想要有身體。

那是開始嗎？

所謂的開始——如今真要回顧起來，彷彿有點卸責意味。但說實在的，我不知道從哪裡才叫做開始。

一直以來，我都有一個叫做「電梯理論」的東西，作為我判斷人際關係的標準。在電影或戲劇裡也常有類似的變形：兩個僅止於認識的人莫名被關在一部電梯裡，可能試圖逃出或者僅是交談，電梯也不僅僅限於電梯，但總之是在同一塊黑暗裡一起待過。好吧，就例如我跟小捲，我們的年齡家庭職業甚至戀愛對象都不相同，總是想到才約見面。但每次見到她都非常有安全感，我想她也是。偶爾會被問到底怎麼熟起來的，講出來也很普通：有次在某個影展上，她坐在我旁邊，轉過來問了我一個關於寫作的疑問。那正是我在腦子裡千迴百轉想過的問題。起初大概只是為了填補開場前的空白，但我們兩個都講到停不下來，甚至沒空去好好欣賞那部片。化成語言聽起來不過就是一般的抱怨或焦慮。但不是，對我來說，「一起聊寫作」這件事就是所謂的電梯，這個人是懂得一些事情的。我無條件信任她。她是知道的。每當我看見小捲時，我會知道：啊，這是那個曾經跟我一起關在電梯裡的人。我們待過同一片黑暗。

那查理呢，我跟他之間有所謂的「電梯」嗎？我始終認為，跟沒有一起關過電梯的人親近，那種親是不能信任的，只是社交的需要而已。沒有基礎可言，是一塊隨時踩空的磚頭。最開始的時候查理常問：為什麼願意跟我戀愛呢——像是從熱熱鬧鬧的節慶轉為日常生活一樣，為什麼氣氛瞬間就轉換過來了？就連季節，從冬天移轉到春天時，都會有一抹風或溫度變化的提示呢。或許查理問的，也是一個電梯問題吧。但要我說，我比他更想知道所謂的「開關」在哪裡，要是我知道就好了，我會立刻撲上去用把水龍頭扭斷的氣勢，把它關掉。再也，再也不要打開。

查理來之前傳訊息給我：妳室友不會突然回來吧？訊息兩秒不到又立刻收回。啊，會怕是吧。他真是想多了。「不會，放心吧。」我說。

被妳看見了，抱歉。

妳想要我怎麼做？查理問。「這裡是妳家，妳的地盤。妳想要怎麼做，我就怎麼做。」口氣很拘謹，彷彿他真的是來我家的客人，一副有禮模樣。但我知道他真正的意思是，妳想要我嗎？這讓我有點尷尬，我很少碰到真的要我在身體上主動的情況。我們坐著，擁抱著，最後我整個人臥倒在他身上，兩人雙手雙腳交疊。我在某張電影海報裡見過這個姿勢，一直想試試看。我的頭頂著他的下巴，可以聽見不知是誰的心跳聲。

桌上放著他買來的飲料，盒身還殘留水珠。紙盒的開口像兩只鳶，一左一右停駐。

「真不好意思，家裡什麼都沒有了。」我說。

「小事，像這樣幫妳買東西過來，好像我真的是妳朋友。」查理說。

我沒有把衣服脫光，查理也沒有。他的手在我的罩衫裡動作，很細很細的摸我。在他來之前，我猶豫很久，還是穿了胸罩。那是正中午的客廳，陽光很亮。當初會中意這間公寓，就是因為這裡四面皆窗。但實在太亮了，保險一點的狀態應該是去我房間。但我不想。最直接的原因是我用的棉被圖案很醜，上面有一朵俗麗的大花，看起來有點廉價。那是我媽從老家拿來給我的，我不想查理看到。儘管現在，他應該一點也不在意這事就是了。

查理剛進門時，在客廳裡站了好一會，花了很久時間稱讚了整個家的大餐桌——那也是房東留下來的。說他自己剛開始工作，在外頭租房子時窮得要命，「還沒有這麼好的家具呢。」那話就像是一個仁慈的長輩會說的。我很想笑。查理有時給我一個感覺，他好像不稱讚我，就不知道怎麼說話一樣。

他開始揉我、親我。非常長的親吻。一切動作都在預料之中，但他的身體對我來說實在太陌生，他的舌頭很新，手指也很新。就算閉著眼睛，也能感覺得到查理非常熟練。啊，這人是老手啊，但老練之外又有一層小心翼翼，那種彷彿在腦海裡練習了幾十遍那樣，充滿技巧的碰觸。彷彿可以一直這樣親下去。我不用特意感覺就知道自己很興奮，想必查理也是。我們之間儼然有一種蓄勢待發的氣氛。我叫得很大聲，聲音叮叮咚咚掉在地板上，這種陌生的新奇，讓這間屋子變成不是原來的屋子，我也變得不是我了。原本應該要說出口的問題彷彿，也都不再是問題。除了舒服以外，那更像是一種邀請。身為有經驗的人，實在無法「裝」自己不熟悉。這個男人努力舔妳摸妳取悅妳，並期望妳以同樣的努力回報他——好吧至少三分之一的努力就可以了。不多不多。

查理穿的是針織毛衣，見面的時候，我特別喜歡看他這樣穿。讓他的身子看起來很薄，胸口空蕩蕩平坦一片，非常好看。他把毛衣往上拉，露出最底下的衛生衣。原來，原來他穿這個顏色的內衣啊——我想著。脫衣服的時候，人大概都會變得比平常笨拙，也更誠實一點。查理的身體非常普通，不是那種人見人愛的身體，是跟我一樣普通的身體。是有贅肉，也會有斑點的身體。我用手按住他的乳頭，他渾身發抖。

妳可以摸這裡嗎？可以親吻那裡嗎？查理的聲音像哀求，他的手從我身上到他身上，抓著我的手來來回回。妳可以，從這裡舔到這裡嗎？我開始慌張，通常我都是被摸的那一個。要做不是不可以，但這種時候，我到底要故作清純還是樂於配合呢？他都那麼賣力了。我伸出舌頭的樣子顯然很笨拙，唇乾齒燥。但我沒喊停，伸手拉開他的長褲拉鍊。

他把手放到我的裙子裡。我聽見自己的水聲。

查理是那種，從來沒投過任何一張選票的人。迫於現實，如果戶籍不在自己住的地方，要返鄉投票實在太耗費時間金錢。我有些朋友甚至不敢說出來，在眾人熱烈討論選情時，為著不能加入「民主的隊伍」低頭羞愧。這種人不少。有些是另一種，例如我的研究所同學喜德，他是高雄人，「像我們這種中南部人，投票成本真的很高欸。」每次講到都不爽。所謂台北人，要喊遊行喊熱血喊愛台灣都是輕而易舉，喊得那麼慷慨激昂啦，撐民主啦，不能少你一票啦，還不都只是運氣好。喜德罵歸罵，返鄉車票還是訂下去。查理不是前者也不是後者，他說他不投票。我不知道那是什麼意思。

我叫他查理。這當然不是他的本名，也不是他社群帳號上的任何一個縮寫。儘管剛開始時，他試圖要給我們彼此一個暱稱，但好起來後又感覺我們之間，已經不需要任何稱呼。我叫他查理，用一個在我人生中從來沒有出現過，又隨處可見的英文名字叫他，令我感到安全。

那我要叫妳什麼？查理說了幾個像是給小貓小狗取的名字。

「妳爸媽都怎麼叫妳？」「寶貝。」我告訴他，我前任都這樣叫我。查理笑了。再開口時表情有點尷尬：妳前任關我什麼事？再說，這暱稱也太懶惰了吧。那個時候，我當然是有意識的，我既要查理，又要他在我的生活裡取消。

看著查理的時候，我腦中常常會出現另一個聲音。可能是另一個我——站在性的另一端，一個顯然比較理性、敏捷有智慧，而且以女性主義為傲的我。簡單說，是一個有腦子的女人。質問我：這一切到底怎麼發生的？妳怎麼會讓自己深陷於此？「沒有深陷。」我說：「我可以控制這一切的。」這樣的爭辯時常出現。當我一個人走長長的路或坐在公車亭裡時，我就開始思考。

一開始，是查理來我的學校辦一場演講，那時他拍的電影剛上映。我負責接待他。他認出我，問我是不是有在哪個報紙上發表過文章。那時查理當然還不叫做查理，他有自己世間通用的名字。我陪他走到學校的湖邊，繞了幾圈。對還是大學生的我來說，他並不是一個討喜的人，戴著圓邊眼鏡，看起來像個裝年輕的大哥。在通往文學院的走廊上我們試著聊天，他對每一件事物都充滿批評，包括這間學校，偶爾為了調節氣氛，會講不太好笑的笑話。但這點，大多數的異性戀男性都差不多。那是我第一次見到他。

但後來的印象和第一次大相逕庭。那時我早就畢業，他約我出來，問我要不要替他正在弄的電影寫劇本。有個認識很久的編劇同行說，所有導演都有一個拍電影長片的夢。跟寫作一樣啊，書寫得越厚，越值得進入文學的殿堂。寫不長根本沒戲唱。

這個邀約讓我很虛榮，我卻寫得很差。跟著他們劇組去北京參加影視交流會議——是的，在「國安法」通過之前。事到如今，究竟「交流」了什麼我已經完全不記得。只記得自己在不該講話的時候喋喋不休，在該長篇大論的時候又自卑起來。同行的其他編劇都表現得比我好，有些人非常年輕，那句話是怎麼說的，有大將之風。「這裡不需要我。」在住宿的飯店房間裡，我記得，我對著查理痛哭。我什麼都做不到。

「妳不必把自己講得這麼沒用。」查理說。

那時我坐在床上，查理靠著稍遠處的沙發，和我保持一段距離。房間裡沒有別人。

「不是，你不懂。」我說。「我不像你這麼厲害。」

「我很厲害？」查理笑了出來，瞇起眼睛。「我很厲害？看來妳不是很了解我。我在這裡不過只是個打雜的。」

「打雜的？」

「是啊，東奔西跑打雜的——沒什麼作用。」

他坐在那裡，使盡全力地稱讚我，又說了很多笑話。離開前，他拍了拍我的肩膀。不要想太多，妳就是什麼事情都想太多。很久以後，他才向我坦誠，那時他是想擁抱我的，「但我怕妳嚇到。」不只這樣，還有性騷擾的問題。查理的判斷是正確的。但我沒說的是，我當時也想這麼做。

這些話，都是後來才能說的。但事實上，他把手放在我肩膀上的那一刻，我就感覺我們會發生點什麼。性的氣味，圍繞在我們之間。那像是一種記號，你被他碰觸，你會有感應。這事，在我的生命裡發生過幾次。我不太對當事人說，避免被誰拿了當騷擾的藉口。

也是後來，我才知道，那段時間的查理正處於一個「走下坡」的狀態。電影眼看著弄不起來，他必須到處接案子賺錢，和比自己年紀輕許多的人共事，「現在的年輕人都跟我當年不一樣了。」回國之後，他開始傳訊息給我。夾在抱怨工作之下的閒聊——聊天氣或書各種話題，偶爾寫長一點像信的東西。並且報告他的行程，約我見面。我們的三明治之約就是從那時開始的。一個明確的訊息是，我開始感覺他在討好我了；但另一個不明確的訊息是，我不知道他是不是對其他人也這樣做。

沒事時，我會google他的名字，反覆看他映後座談的影片。早期他拍過一系列廣告，風格前衛，如今看來還是很酷。也接受過不少訪問，是那種很容易就在網路上留下足跡的人。我找到兩個他以前用過的舊部落格，發現他學生時期的照片，還從好友連結那看到他在別處的留言。我一條條讀遍，看年輕的他——所謂的年輕，也不過跟我同齡——在那裡插科打諢，盡開些異男玩笑。這種網路考古的作業，彷彿在看一個人嬰兒時期的學步走，又像打翻了誰的抽屜。我時常懷疑，這個人跟現在傳訊息給我的人，是同一個嗎？

我對生活沒有什麼期待了。但還好有妳在——

非常甜美。甜美且哀傷的句子，激烈且顯然是有效地，彈奏我的內心。時不時，收到這種話語，就令人感覺自己是有用的。我可以安慰這個男人，而且我們是平等的，像個朋友。

從我家回去後，查理傳了訊息過來：「妳好像對我的身體不感興趣。」

他指的是那唇乾齒燥的舔吻，那在皮膚上猶疑不定的舌頭。我的技術就別提了，重點是，我沒有摸他。沒有像他細細摸我如摸一塊羊毛地毯般好珍惜地摸。他反覆強調。我缺乏動作的手，在他看來缺乏的是愛。我沒有像他想要我一樣想要他。不是這樣，我說，我只是沒準備，而且時間很短，我不喜歡做那麼急。「我是個老人了對吧。妳看到我身體時沒有失望嗎？」我說沒有，真的。我內褲都濕透了。這是實話。但那天我們沒有做到最後。我連保險套都沒有讓他拿出來。比我年長許多的查理難得像小孩般發脾氣。我們吵架了。

「我想要被好好地摸。」他說。

身體好可怕。

小捲跟我說的故事並不驚心動魄，也並不懸疑驚悚。雖然她向來不排斥恐怖片，這是我最佩服她的地方。她怕鬼，但敢看鬼片，一個愛電影的人總是什麼都想試試看。她被公司廣告部的女主管J追求，J說是主管，卻還小她兩三歲。她們到同事家聚餐，兩人窩在陽台抽菸聊文學聊電影聊人生，J從小練鋼琴，一邊說自己是神童，一邊手好自然放在她膝蓋上敲敲打打，手腕內側刺著一行聖經禱詞。這是哪方面的神童呢？J不分男男女女一律勾肩搭背，手勢也不帶挑逗，像摸小狗小貓小兔兔，順著人類的背脊很平順的滑下去。沒有越界感，因為從一開始就沒有界。原本真的只是玩而已，很友愛的玩。小捲坐在那裡，被J的手一碰，突然都不對勁了，「好想要被一直摸下去喔。」這種話要怎麼說出來。但大家都被碰過一輪了，小捲也就放膽被碰，兩個女生疊在一起摟摟抱抱，夾帶了一種職場階級被模糊掉的優越感。J特別喜歡她，眾人看小捲的眼神也不太一樣。一切都在遊戲裡了，那就碰得更自由一點。午夜散會，J問她要不要來家裡看狗狗。

「看狗狗，這是現在流行的用詞嗎？」我忍不住嘲諷：「在要不要來我家聽黑膠之後？」

「閉嘴啦。」小捲說。

她們躺在房間床上，從開玩笑的碰，到認真想試試對方是否可以。兩人摸到天亮。此後的每一次，都只是重返現場而已。「身體好可怕。」也好誠實。這兩個人，一開始會有不出事的自信，原因很簡單。小捲是有老公的人。她們認識時，小捲剛度過結婚一週年紀念日。

我想要被摸。我想要好好地被摸。像這樣的要求，可以視作一種求愛嗎？——那樣的愛，究竟是什麼呢？它有名字嗎？它能夠被指認嗎？它能夠度過世間一切難關嗎？它讓我的身體發出從未有過的水聲，到底是因為查理，因為愛，還是因為這一切未曾經驗過？

查理在我家待的時間不長，一個下午的零頭有找。他沒空留下來陪我吃晚餐閒聊看電視，沒空體會與我的日常生活，甚至連廁所都來不及上。所謂的沒有時間能浪費，不是一句流行歌詞，而是真的沒有時間。他氣喘吁吁，頭髮長出斑白線條，從我的身體離開，整理好衣褲，查看手機，下樓，叫了計程車直奔東區某家烤鴨餐廳。今天是固定的家庭朋友日，他和他的太太，和彼此認識的先生太太們，約了要一起吃飯。

那天晚上，我做了一個夢。

我和認識的人坐在一起，所有認識我也認識他的人。一起工作過的人扛著攝影機。那是一個很大的房間，我們窩在桌子前面剪紙花、做道具塑膠花，紅色黃色白色的玫瑰，邊剪邊笑。攝影機對著我們，我逐漸意識到那是在拍紀錄片還是什麼的，注意起自己的臉在鏡頭裡有沒有顯得歪斜難看。腳下是素靜溫暖的木頭地板，一座高度很低的煤油爐，上頭放著一只紅色水壺。所有人一邊剪花一邊聊天。查理過來，端茶給我們喝。

慢慢的我的意識開始跟著查理往前走。他打開門，走出去是公寓梯間，一層兩戶，對面是同樣裝潢的門，查理走進去。我的意識被門擋住了，門上有好大一張春聯。我蹲下來，透過鑰匙孔看見裡面的房間，是一模一樣的格局，而我看見她。查理的太太坐在大桌子前面。查理同樣從她的後頭走出來，坐下來喝茶。那是一對素樸的陶製茶杯，茶湯的顏色很深。她抬起頭來看我，視線穿越鑰匙孔。我瞬間感覺自己是裸著的。意識裡的身體一絲不掛，就那樣站在門外，也盯著她。那是細長乾淨的眉毛。有一句話閃進意識裡：從此我的人生裡將不斷出現這副眉毛。掛在門上的那張春聯不是春聯。上面寫的不是招財也不是進寶，而是囍。大紅的囍。花團錦簇的囍。兒孫滿堂的囍。

那張寬闊大桌上，透明水瓶裡放著一束花，莖幹被完整截去，泡在乾淨的水裡。紅色黃色白色的玫瑰，是真正的花。

夢是什麼？佛洛伊德說，夢境是欲求的滿足。

是否曾經有過一種夢，讓你感到如此真實？這是電影《駭客任務》。

醒來就是從夢中往外跳傘。特朗斯特羅默的詩句。

醒醒，醒醒。不要睡在這裡。我聽到淇淇的聲音，張開眼睛，才發現我在沙發上睡著了，身上蓋著從房間裡拉來的毯子外套，茶几上的食物未收。我居然就在這裡一口氣睡到下午。我看見淇淇的臉，她坐在沙發的另一頭，正在吃遲來的午餐，還外帶了燒餅油條要和我一起吃，我聞到塑膠袋裡散發出來的香味。三花貓踏過地板，一溜煙跳上沙發。走開。淇淇噓了一聲。別過來。

小Ｐ從廚房出來，一把將貓抱走。

我的室友們回來了，他們在客廳裡走來走去，大聲說話。整間屋子又恢復成原來的光線與味道。我感到安心與恍然。我們都投完票啦，欸開個電視。淇淇說。妳看妳，還不快起來，台灣要不一樣了喔。

2

我把查理的事告訴小捲。

他都幾歲了？拍不出電影的導演，還能叫導演嗎？小捲對此非常不留情面。跟文學一樣，我們究竟是寫手、編輯，還是志於寫作的人呢？敢在自我介紹那欄填上「作家」兩個字而不心虛嗎？「妳知道現在大家都說作家一過了四十五歲，就要走下坡了。」

小捲在文學媒體工作，公司旗下有好幾本期刊雜誌和網站。她有一個彷彿冰箱般的雲端檔案，隨時更新可合作的作家名單，分類下標籤，把菜端進端出。她是我少數離文學較近的朋友。每次聊天，我都期待能從她那邊獲得什麼文壇話題，或者八卦也好。

「妳這是年齡歧視。」我說。

「我可以舉出一堆例子來反駁妳。」我又說。

「不用反駁我，我自己就可以反駁我自己。」小捲說，「妳知道嗎？我上次去一個聚會，裡面的人說，作家沒在三十五歲之前寫出成名作就完了。我看了一下在場的人，哇，只有我最老。真的是很棒耶。」

「別說自己老。」我說，「我比妳還大四歲欸。」

「真的耶。那妳什麼時候要寫出成名作？」

「妳現在是在催我稿嗎？」

「沒有。但妳顯得一副很崇拜他的樣子，很好笑。」

「我是真的覺得他很厲害。」我說。

「妳不必崇拜任何人。」小捲說，「尤其是老男人。」

手機裡，存著我出門前看到一半的韓劇連結。女主角正對著酗酒的男子高聲說，「崇拜我吧！」那是前半部的高潮，「來填滿我的內心吧！」

照理說，我應該會在小捲身上看到查理的影子，一個背叛婚姻的人，一種身為出軌者的典型模式，藉此好讓我搞清楚下一步到底該怎麼走。但小捲完全不是那樣，她驚慌失措，緊張兮兮，說自己真的是「嚇壞了」，簡直表現得像是一個醉後失身的人，但她那晚半滴酒都沒沾。也就表示，真的一點藉口都沒有了——這是出軌嗎？我外遇了嗎？所以，這會是一個搞婚外情最後身敗名裂的故事嗎？還是說，是一個女同志進入異性戀婚姻後才遇真愛的故事？不知道。這一切都太慌亂了，沒空做文本分析。問題是，小捲並沒覺得J是真愛，也沒覺得自己是蕾絲邊。所以，這到底是一個關於愛的問題呢？還是性的問題？還是一個「我是什麼」的哲學問題？

更困惑了。她決定去找J，週末J在家裡鋼琴教室幫忙。她特別去等。站在公寓樓下聽見鋼琴聲，等學生一個個走光才敢上樓。「我今天特地提早下課喔。」外頭風光明媚，光這一句話這就讓小捲的心軟乎乎塌下來。

「聽起來真浪漫。」我說。

「我真的就是在發情。」小捲說。「沒別的。」

小捲說這句話的同時，我人在醫院，正坐在她的病床旁，拿著一顆蘋果要切。小捲靠著床板坐著。蘋果不知是誰帶來的探病禮物，用高級禮盒裝著，還有香蕉。

「應該是健身房的人。」她說。

她左腳打著石膏，說是跟她先生去運動的時候弄到的，要休養半個多月。健身房絕對沒問題，器材也沒問題，「有問題的是我。」據說她同樣的話講了非常多遍，對公司同事，對自己爸媽，對來道歉的健身房主管，當然，也對她先生。她先生正是那間健身房的簽約教練——「自己老公貼身指導，結果還受傷，這專業度在哪？」

面對這種問題。小捲說，這個，不就是我自己心不在焉嘛。

她一邊講話，一邊調整墊在她後腰的枕頭位置，試圖讓自己坐得更舒服一點，但沒用。醫院裡的枕頭太垮又太扁。只能等她先生晚點拿家裡的來。還有棉被和洗面乳，這裡的都不合用。

我給她的探病禮物是書，剛上市的幾本散文，以及一本新譯的《安娜・卡列尼娜》，是小捲的指定讀物。

「太好了。這我先生就搞不懂。」她說。

「沒什麼，但讀這個？是要考研究所嗎？」

「就是只有住院才有空讀啊。」

「妳若要厚一點的，我可以拿其他的給妳。不必讀這種十九世紀的小說。」我說。

也是現在，我才知道小捲的身世。她和先生戀愛十年，其中歷經父母反對，出國念書，撐過漫長的遠距離，從青春熬到一把火都快滅了，才終於同居買房結婚。做為太太，她從頭到腳都被照顧得當，連一只碗都不讓洗。手上的Dior皮夾是考上研究所的禮物，出門聚餐有車接送。她說自己剛進雜誌社那時，第一個月進廠前加班，當時還是男友的先生在附近等到凌晨四點去接她（不是。這工時也太誇張了吧。我說。）只因為她不知道怎麼叫Uber回家。先生說什麼好，她就用什麼。兩人談結婚時，小捲最先想到的是萬一結不成分了，菜這種東西到底該上哪買。簡直是恐怖婚姻故事裡的軟爛老公，「沒有他，我每天只能吃外送。」小捲承認，「我就是個super巨嬰。」被寵愛的巨嬰。聽起來真不錯。

但他們不做愛，幾乎不做。小捲和他先生分房睡，要做愛得先預約，不接受臨時動議，連出國旅行都一樣。他們去日本，住高級溫泉旅館，浸在熱水裡，她先生抱著她就像抱著一個光滑的嬰兒。受到氣氛感染，小捲難得興起某種身為太太的「服務精神」，也有禮地被拒絕。他說他連手槍都不打的。不打手槍的男人，存在嗎？這讓我真想見見她先生。她先生不打手槍也不看A片——gay片也沒看。她補充。如此正直到幾乎純潔的男人，怎麼可能傷害他。但沒關係，畢竟結了婚就是家人了。反正本來也沒想要小孩。小捲說。家人的話，不做愛也不會分開了。

「我們本來就跟室友差不多啦。」小捲說。

我笑了。我沒結過婚，但像室友？少來了。此話一出。她再怎麼否認對J沒意思都沒用了。我有種感覺，交換這種故事，令我們彷彿更親密了一些。有她在，讓我覺得自己的作為並不是那麼不道德——天底下都在發生類似的事。當然，這也可能是錯覺。

「她長什麼樣子？」我問。

小捲點開J的社群帳號，把手機遞給我。又給我看她的石膏腿，上面簽了好大一行英文，是J的名字。真是大膽。我很難不看小捲的表情。她面若桃紅，講到什麼都忍不住要笑，完全是個戀愛中的人。明明是個傷者，卻容光煥發，也跟她口裡自稱的「緊張兮兮」差異很大，飛快計劃起他們的第一次旅行，她那條腿甚至還沒好呢。「我從來沒想過上班居然是這麼愉快的事情。」還沒受傷之前，她每天走進J的辦公室，關上門，兩個人越過桌子接吻。光是有個人在那，就覺得，這公司裡的一切都值得忍耐。

我拿我自己帶來的水杯，走到外面裝水。

那顆被我切得歪七八扭的蘋果，我吃掉了，住在外面，偶爾就會忘記補充維生素。反正小捲一副不需要進食的樣子。連帶香蕉也一併消滅。據說骨折不適合吃香蕉，送禮的人看來沒花心思吧。那是很好很高級的香蕉，養得膨潤橙黃，皮厚肉實。可惜怎麼嚼都有種消毒水氣味。在醫院吃的東西都這樣，滋味彷彿都在空氣裡淡淡稀釋掉了。

我先生晚上會送便當來給我吃。她說。

我看著她，意識到自己即將要問出一個冒犯的問題。握著水杯，小心翼翼地盯著自己印在上頭的指紋，一字一句像身家調查：「所以，妳是第一次這樣嗎？」

第一次怎樣？以下開放填空。第一次出軌，第一次偷情，第一次愛上婚姻以外的人？幾乎是反射性了這個問題。如果這世界上有一本不倫指南，絕對要把這個問與答列為第一條。這個世界上有各種婚姻指南、寫作指南、媽媽與寶寶指南、寵物教養指南，甚至完全自殺指南。卻沒有一本書告訴你，如果偷情了該怎麼做？如果成為偷情對象該怎麼做？該怎麼全身而退？該怎麼樣能過得快樂而不承受一丁點痛苦？這個「快樂」或許本身就是悖論，在這樣的關係裡，可以討論快樂嗎？

同樣的問題拿去問查理，「妳是在看不起我嗎？」好像我是個沒事就會亂來的人。我沒這樣說，但當然差不多是這個意思。再否認就矯情了。查理大致說了一些諸如，如果可以他也不想談這樣的感情，但既然碰到了，實在不想輕易放手，「我對妳是真的。」

但真不真假不假的，並不是重點啊。我很晚才明白這個提問的恐怖之處，若是真的，一切就沒問題了嗎。不過是更抓著那所謂的「真」牢牢不放。所謂的「第一次」情結，是為了保護自己不要成為眾多女孩之一，但若真的當那所謂的NO.1，圖的也只不過一個「因為是妳／你」的真愛情懷罷了。聽著像初戀，不過是互相比較誰更沒經驗。但偷情這種事，到底是要生手還是老手好？

我不知道。

不如乾脆玩一玩吧，就當是個經驗。小捲說。誰也不受傷。

但查理不要玩，他要承諾，要所謂「認真的偷情」——完全不知道什麼意思。不做編劇那年，我和學弟小亨利談了場短命的戀愛。從開頭到結尾都是在床上度過的。我暗戀他長達三年，他被困在博士班很久很久，而我被他困住很久很久，好不容易待他畢業當兵，我幾乎像是誘騙無知少年那樣，哄他跟我上床，連「不如把我當個軍中情人吧」這種話都談判似的說了又說。那個就算對我毫無興趣，也充滿耐心的小亨利；總是帶我去逛書店，見了面就從背包裡掏出一本書說「這妳一定要看」的小亨利。我即使得不到他的心，也想得到他的身體。儘管脫了衣服的他，看起來那麼瘦小，也不像平常那樣風趣。

要是結束在這裡，大概也算是一件還不錯的風流韻事。但我們還是戀愛了，也非常不幸的慘敗了，我號稱的「軍中情人」一職做得非常爛。還不如當時一夜情來得暢快無負擔。把這故事說給查理聽，多少也是帶點暗示。我這人不是零就是一，玩不起的。但查理不要玩，「我要認真的。」後來我時常想這句話，試圖讓它不帶負面意味的去想，那或許表示他所想做的，遠超過他實際能做的，以及語言的極限吧。於是必須這樣說，彷彿、彷彿我們是合法的，彷彿我們像普通戀人一般活著。

但認真的偷情，那是什麼呢？要我來說，偷情不是最致命的，認真才是。那句話像磁鐵一樣，比任何性愛都更牢牢吸住我。那是一切的開始。那是地獄。

那天吵架後，查理特地來道歉，稱那是他的性挫折，在那張沙發上沒能「拿下我」——即便我濕得一塌糊塗，但無法引起我更多更洶湧的性慾，就是他的失敗，「畢竟我那麼老了。」他曾在我靠近時不止一次的問，妳沒覺得有老人味嗎？指給我看他手上的淡色斑點。我偶爾在洗臉時，也會對著鏡子看，我呢，有嗎？我已經三十幾歲，站在鏡子前面，把整張臉和身體撥過來又撥過去。檢查我自己每一個斑點。

畢竟我那麼老了。

他不知道，我一聽到這句話，立刻就原諒他了。

「也許我之後會想做。」我說。

「希望囉。」查理說。

3

好想一醒來就見到妳。

我想和妳一起下廚。

找個地方出門旅行吧，就我們兩個。

查理寫給我的訊息，多數以這些句子開頭。一起下廚？為什麼不是你做給我吃呢？我有時會在心裡反問。像個挑剔的評論人。

「你講這些話，根本不像一個中年人啊。」我說。嗯，很奇怪，跟妳說話，就會有種彷彿年輕起來的感覺。查理說。這算什麼，是那種所謂青春的投影嗎。跟比你小的女生談戀愛，怎麼樣，有種重振雄風的感覺吧。我說。

不是的。不是妳想的那個樣子。查理說。

不過我也不年輕了啦。我說。講自己是小女生，是有點丟臉。

但先不論我們之間的那麼多問題。說實在的，我總覺得我跟查理不合。

我想要多了解妳，我想跟妳一起生活——在正常的情況下，這些應該都是足以打動人的話。我也讀得出來，他是真千方百計想跟我單獨相處，因為這種狀況並不會自然而然發生。我們的工作生活都不在一起，要真有些什麼親密進展，除非我鬆口。他甚至傳了好幾則月租套房的消息給我看，詳細列出他們的距離租金等等資訊，「我們可以有幾天待在那裡，我工作的時候，妳就在那裡寫作。」真是感謝，居然連我的寫作都照顧到了。所以，這是什麼金屋藏嬌的概念嗎？地下情人？

「妳可不可以不要老是把我想得那麼糟？」查理說。

「我只是覺得婚外情很可怕。」我說。

「放心。」查理說，「如果我們之間有個壞人，那一定是我。」

「那你太太呢？」我問。

「喔，她絕對不會原諒我的。」

「你不怕？」

「我怕啊，而且怕得要命。」查理說，「但我告訴自己沒辦法。」

「我沒有想要破壞誰的婚姻。」

我看著他。查理沉默很久。再開口時表情很失望。

「這樣就沒有東西聯繫我們了。」查理說。

「聯繫？」

「對，人和人之間的聯繫。」

「講這麼多，你只是想跟我上床對吧。」我說。

「不是這樣的。」查理說。「我想要和妳有一個家。」

這似乎是查理所能講出最高級的情話了。但且慢，先不論實行上的不可能。跟這個人「有家」？我腦袋一片空白，薦骨毫無感應。若我們是遲遲得不到法律或家庭認可的同志伴侶，這話大概可說是非常感人。但我不是。至少在我經歷過的戀愛裡，我從來沒有想要跟誰有一個家。我前一個職場上的大主管，最愛掛在嘴上的不外乎：我們是一個大家庭。我把你們大家都當成家人看喔。聽得叫人毛骨悚然。拜託，我還要另一個家庭來折磨我嗎？大家把自己顧好就好可不可以。我沒有動心。而是感到可怕。

「有一個家，是有什麼好處嗎？」

「這樣我就不怕離開妳了。」

「但你已經有一個家了。」

「對。」查理很快發現自己說錯話：「那只是一個比喻。但不代表我說說而已。別誤會。我只是一直在思考我們的事情。我很久沒有戀愛了，不知道怎麼做才是對的。好吧，我是一個老人了，我很老派。對我來說表達愛意的最大形式，就是成立一個家。」

「嗯，所以你結婚了。」我說。

查理的深情款款，在我身上無法產生效果。這只證明了一件事，他是一個這麼普通的，傳統的戀家的男人。並且愛他太太。即使他如此討好我，哄我上床，但從未抱怨過自己的婚姻——我知道很多外遇的男人會這樣做。查理倒是一句壞話也沒說過。那表示，他和他太太的家庭還不錯吧，即使生活中有一丁點裂縫，也不會破壞他這種信仰。

我感覺心裡升起了一種情緒，那情緒有點熟悉。毫無疑問地，是嫉妒。

隔幾天，我媽傳訊息給我，說週末要和我爸來看我。他們還住在老家，和我現在住的地方完全是捷運同一條線的兩端，單程距離要五十八分鐘。再花二十分鐘從捷運站走到這裡來。我搬來這裡以後，這是他們第一次過來。我說好。但我很緊張，考慮了非常久之後，才開口問淇淇和小P她們能不能那天別待在家裡，或待在自己的房間裡不要出來。講出這句話，實在令我覺得自己莫名其妙。

更別說這裡還有貓，我媽討厭貓。她討厭一切無法控制的生物。

我簽租約的時候，這裡就有貓了。貓陸陸續續來了三隻，都是小P撿來的。但她不准淇淇在房間裡養自己的鸚鵡，淇淇氣得要命。這裡可以養貓，為什麼鸚鵡不行？我家嗶助只會待在籠子裡乖得很。雖然她一開始看房時沒坦承，就是有點偷渡的意味在。「她霸道啥？二房東了不起？」淇淇一講起來就生氣，連帶著遷怒貓。舉凡寵物、倒垃圾或廚房使用權，她們總是吵，彷彿為了跟彼此吵架而生活在一起。

以室友來說，我跟他們倆都處得挺不錯的，當然和淇淇相處更輕鬆些。小P話不多，和她一同站在廚房裡，容易有種被監視的感覺。她彷彿總在盯著妳哪裡沒弄乾淨，像個衛生股長。我猜這是淇淇常生氣的原因。但特別替誰說話，對我來說都沒有好處。

我媽他們來了。來之前我洗了浴室，又掃了客廳，將垃圾清除乾淨，房間裡的書全數歸位。在時限的半小時前就已疲累不堪，躺在沙發上無法動彈。唯一慶幸的是，淇淇和小P都答應我了——不是無酬的，我說我會倒一週垃圾作為回報。

這很划算，至少我不必在面對她們時也得同時擔心另外一邊。我總是害怕讓認識的人和我爸媽見面。學生時代，這樣的經驗不多，只要同學一來家裡玩，我媽就拿錢叫我們出去吃牛排，不要待在家裡。所幸我的朋友也很少。我們去吃牛排，到夜市打電動，再吃一碗綠豆刨冰。我媽跟我爸待在家裡，他們總是待在家裡。我爸常常很累，需要休息，家裡有別人在會擾動秩序，他會覺得不安寧。這點也沒什麼，誰家沒有一點難言之隱，避開就是了。只是真遇到的時候難免彆扭，找不出一個和藹可親的理由來解釋。

我爸沒進門，就待在陽台。我叫他進來，陽台很小，那裡有窗型冷氣的壓縮機，太熱了。但他不願意，一直在陽台走來走去，他從不把腳抬起來走路，鞋子的聲音好清楚。

我媽看了我的房間說，我不懂妳為什麼每次都要花一筆大錢搬出去，再住這麼小的地方。

又說，妳穿這什麼衣服，領口太低了，真醜。

這就是我媽。真棒，毫無改變，永遠都能在我身上找到可以貶低的點。

「這是流行。」我護住我的胸口，把她推開。所謂家人相恨，再去刁難誰脾氣好誰耐性不好誰最孝順什麼的都沒有意義。不過是看誰有沒有覺悟相耗下去而已。我沒有這種覺悟。

還好，在我開槍掃射誰之前，我爸終於開口，說他餓了，要去吃飯。

我媽總是很懷念我前一個男友，常常提他。那人很有禮貌，吃飯時會記得先替所有人拿杯子，擺好刀叉，會注意服務生經過了沒，幫我們加水添茶。我爸對我的事情幾乎毫不感興趣，跟他卻很有話聊。但他遲遲找不到工作，我們在一起時，房租生活費都是我付的。於是這種禮貌，在我看來不免有一點回報的性質。我總是在他收到機車罰單或什麼大筆花費時，下意識地先擔心自己的帳戶餘額夠不夠。這種事情，我怎麼可能去跟我媽說。

還好我媽沒嫌棄餐廳。義大利麵擺盤漂亮，旁邊點綴著蒔蘿；花草茶用小壺端過來，用來墊可頌麵包的紙巾壓著一圈花卉圖案，奶油另外以淺碟盛裝。是她喜歡的古典玫瑰園風格。我媽用手機拍個不停，一掃剛剛在我家厭棄倦怠的氣氛，不斷讚美裝潢燈飾。這裡是如她所言那種「坐在這裡就好像貴婦！」的地方。我媽就是有這種少女情懷。我不想跟她說，剛剛端出來的大概都是調理包加熱，貴婦也是分等級的，我們這種不過嘗個貴婦的空氣罷了。她一面吃，一面問我跟什麼樣的人住。

「妳不年輕了，是大人了。別老這樣和那麼多人一起擠，跟個大學生一樣。」她說。

「還是要結婚啊。不然沒人照顧妳。」她又說。

「結了婚，就去買一個房子，有一個小廚房，有餐桌，有烤箱，請朋友來家裡玩，過你們的生活，會很快樂的。這我也跟妳姐說過了。」我媽繼續說。「像夢一樣的生活。」

我姐大我兩歲，出國念書後就沒回來了。叛徒。

我媽一邊說，一邊把手肘靠在我的肩膀上，彷彿她是我的姐妹一類。喝花草茶也會醉嗎？我看著我爸，他露出某種「看看妳媽就是這樣」的表情，他早就放下餐具，一直保持同樣的姿勢坐在旁邊。

「可以結婚，但不要生小孩。」我媽還在說。「女人生小孩，這輩子就毀了。」

「我吃飽了。」

我把盤子推到一旁。

「還剩這麼多。妳不吃了？浪費。」

「再吃要吐了。」我說。

「什麼要吐。」我爸突然開口了，「講這種話，會被上面懲罰的。」

「上面？」我說。

「上面啊。」

我爸比了個手勢。
「你又來了。上面到底是誰？媽祖？耶穌基督？」我說。「神？」
「上面都有人在看。」我爸說。
「不然要怎麼講？」我問。
「不要擺那個表情。妳爸在跟妳開玩笑。」我媽說。

我們家就我跟我姐兩個小孩。我念國中時，我爸就失業了。不知道是第幾次的失業，印象中他換過很多次工作，最後一個工作是在銀行上班，他會拿很多文件單據回來，在餐桌上抄抄寫寫。我們因此不能用桌子，只好在客廳寫作業。整個家裡只有餐桌上方那盞燈最亮。我爸高中補校畢業，他寫字非常慢，但很漂亮。這個時候誰都不能碰到那張桌子。

我爸肯定是在銀行做什麼了不起的工作吧。家裡偶爾會出現刻著銀行名稱的筆或存錢筒一類的。小時候看卡通，有一段是蠟筆小新去他爸爸廣志的公司參觀。每次經過任何一家銀行，我都感覺自己和那棟建築物有種神祕的連結性。我是銀行養大的小孩呢，我爸就坐在那些建築物的其中一棟裡面。後來那間銀行被合併合併合併再合併，就消失了。

也是後來，我出去上了班才知道。我爸在銀行裡最主要的工作，不是坐在櫃台後面，消耗掉客戶等待的號碼。他根本碰不到客戶。而是在每個座位旁穿梭，辦公室裡大家都忙，有許多文件要收發，廢紙要碎掉，文具要補充，報紙整疊丟在藍色的回收箱裡，我爸會去整理，再一落一落用推車推走。他總是蹲著，或站著，很少有坐著的時候。

我爸正式失業之後，開始在家玩股票。換我媽出去工作。我下了課，就跟我姐直接去她工作的安親班待著，餵那些比我還小不知多少的小小孩吃飯，彈電子琴給他們聽。據說我剛出生時，我爸就失業過一次，她在家裡接家庭代工，用厚紙板黏相框的底，做塑膠花，以及折廣告傳單。晚上走很長的路，去附近一家一家朝信箱裡扔那些廣告單。真的是一點都不帶財，哪有小孩剛出生就搞垮父母的。有一次，某個親戚在餐桌上把這句像一個笑話那樣講出來。

那種記憶，戳刺我，貫穿我，成為我身體的一部分。

念高中的暑假，只要是平日，我每天都出門。寒假短一點還可以忍受。事實上就算沒放假我也想出門。那是一種氣氛。妳不知道待在有電腦的房間的那個人，今天的心情怎麼樣，能不能和他說話或請求任何事情。而他今天的心情也不是他自己可以控制的。只能從一些人類的細微動作來判斷，今天是賺是賠。一整天下來。即使沒做任何事也會覺得累。

收盤後，他會在客廳的沙發上躺一整個下午，燈永遠是關著的。

「不要這樣。他好歹是妳爸，他賺錢養妳。」我媽說。有時我們互吼、摔門，站在客廳裡發抖。我媽就把那句話吼得更大聲。我們從沒正常對話超過五句。面對這些，我姐覺得我很煩，「妳就不要去理他就好了。」

有次我媽說，妳懂事點，你爸生病了，他沒辦法控制自己。我說，他生不生病有差嗎。至少他從來沒打過妳們。我媽說。

喔，對耶。真棒。我說。

我大學畢業時，我媽說他們一定要來。結果還沒到校門口就開始吵架。你們到底是來幹嘛的？我在路上大吼。妳看吧。我爸對著我媽說，她根本不要我們來，她多怕我們丟她的臉。事後我忍不住問我姐，妳那時怎麼做到讓他們不生氣的？

我姐一臉茫然，「畢業典禮？根本不要讓他們知道就好了啊。」

我爸媽離開後，我精疲力竭，陷入一場漫長的睡眠。感覺整個精神都泡在床單裡，不斷被消化吸收。我們只吃了兩小時的飯，我卻宛如做了一整天苦力般疲憊無比。一直到聽見手機響，才張開眼睛，躺在那裡伸出手，滿床亂摸。我出門時背的是白色的帆布袋，手機在那裡面。

打給我的人是查理。

還有貓。我聽見小P的貓在外面抓我的門，一直抓。不知是哪隻。

我很錯愕，現在是晚上九點，照理說，通常，這時他已經回家了，他從沒在這時間打來過。我整個人清醒過來，腦中瞬間出現許多恐怖的跑馬燈。他太太發現了？發現我和他在互傳訊息？叫他打來跟我講清楚？或者這通電話根本是她打的，想看看我究竟是個什麼樣的人？我嚇得要命，遲遲不知該不該接這通電話。

電話斷了，接著立刻又響起來。我接了。是查理的聲音。

「天啊。」我說，「天啊，不要嚇我。我以為是你太太打的。」

「我太太？為什麼？」

「我以為她看了你的手機。」我據實以告。

「妳真是想太多了。」查理說，「她對我的事情沒有那麼有興趣。」

「因為這個時候你不該打給我，是吧。」

「我現在……」查理說。

這句話被一陣音樂淹沒，滅了查理的話尾。

「你在哪裡？」

慢個半秒，查理出現了，「我出來買東西啊，不然怎麼跟妳講電話？」

電話那端的音樂漸歇，傳來賣場的背景人聲。我躺在床上，想像他趿著拖鞋，站在大賣場，一隻手握著手機，走到稍微後面一點的貨架那頭；另一隻手拎著提籃，在那裡挑挑揀揀的樣子，非常居家。這副模樣，跟這通祕密的電話，實在也太不性感了一點。

但查理不在意。他勇往直前，穿越人群與貨架。我不說話，聽見店員刷條碼的聲音。嗶。自動門開關的提示音。嗶嗶。我感覺他走進賣場附設的停車場，嗶。他上車了。

空氣頓時靜默下來，「我猜妳可能想聊聊。」

之前在訊息裡，我和他說過今天我爸媽要來的事。

「你開車去啊。」我說。

「對啊，我總得預備各種狀況。」

「例如？」

「妳可能會突然想見我，之類的？」

「你對自己挺有自信的。」我說，「你買了什麼呢？」

「我買了什麼？嗯，美乃滋。」查理說。「一罐Q比美乃滋。」

「美乃滋？」

「美乃滋。」

「你開車去買一罐Q比美乃滋。只為了跟我講電話？」

「是不是很划算？」

黃色的，上面畫著紅色的俏皮嬰兒圖案，隨處可見的Q比美乃滋。為了我而買的那一罐美乃滋，會被查理帶回家，放進他跟他太太的冰箱裡。

彷彿Q比美乃滋是什麼了不起的物品那樣，為了對得起它，我們開始講話，不停地講話，講到彷彿這是這輩子的最後一通電話，又立刻希望有下輩子讓我們把話講完那樣。講到查理把車駛離停車場，開沒多遠又停在路邊。我不能這樣開車，太危險了。他很正經的說。如果我在講電話時出車禍，妳就完了——但我們都沒有要掛斷電話的意思。他為我描述路邊的景色，沿路的街燈、麵包店、攤販，包括一座小公園都被他講進手機裡。

遠遠的，從這條巷子傳進來的聲音。是摩托車聲。住在我們對面二樓的年輕情侶回來了。女生的嗓門很大。車子還沒熄火，她就喊：抱我下來！抱我嘛！

我把手機放在枕邊。一邊講話，一邊感覺他的聲音在摸我，身體彷彿隱隱有電流通過。除了電流，還有另一種我非常熟悉的，蠢蠢欲動的性慾在奔跑。性的魔法最神奇的是，兩個人不必碰觸彼此，妳也能清楚地知道，啊，完蛋了。先出車禍的那個人，搞不好是我。

我躺著，全神貫注感受那一切。

4

喜德來台北聽研討會，順便幫我這週要辦的講座做會議紀錄。「順便」是我說的，事實上我們是各取所需。我需要固定的文字寫手，他則需要人替他付來回車馬費。但博士生不是應該去好好寫你的論文嗎？我老是叮嚀他別再打這種工了，每次一急起來又忍不住要問他。

喜德是我的研究所同學，是的，他長得和《冰原歷險記》的那隻動物一模一樣。

我們很久沒見了，若是往常，喜德會來我住的地方借宿一晚，兩人好聊聊。但這次我有點猶豫，原因無他，喜德向來討厭查理——更正確的說，是像查理那樣的人。他說他在學校裡看得多了，那些有權有位階的已婚中年男子，不就是想方設法鑽洞對女下屬女學生女助理下手嗎？下手還不夠，還要對方亦步亦趨地跟著。

我們都聽過的校園鬼故事，教授要女研究生開車送他回家，車一邊開手一邊就放上她的大腿。後幾次女研究生藉口逃掉了，教授居然還在會議上對眾學生四處廣播尋找，好像她真的是他的情婦或一個妾。

這個鬼故事被以不同變奏版本四處流傳。更恐怖的是，還得面不改色的下車對教授夫人寒暄問好。要活在這個世界上，到底需要多高超的演技呢。妳知道他是這種人嗎？妳知道妳老公剛剛做了什麼事嗎？女研究生很快反省：對不起我不應該這麼說的，好像她老公騷擾我是她的錯一樣，這太不女性主義了。我只是真的，真的太氣。不，妳不用這樣分析自己。不知道是第幾個版本裡，有人留下了這麼一句註腳。這是我們這一代的口述歷史。

我們都認識的文化線記者，喜德的學妹，才華洋溢的漂亮女生。陰錯陽差下做了主管的小三，兩人分合不斷。然後再一個，又一個，整個辦公室他差不多睡過一輪。所有人都勸她離職。我不要，為什麼。她說。為什麼不是他離職？因為他是男人？因為他職位比我高？我好不容易有一個好的賺錢的有分量的工作，現在要為了他離職？憑什麼？沒有人回答她。我離職就是我輸了。她說。繼續在那間辦公室裡一年度過一年。喜德每次提起她都翻一個白眼說，天啊，天啊。

我跟查理的關係，也不是沒可能有這種走向。

像這樣，笑笑鬧鬧，批評嘲諷的同時，心裡也升起一縷警戒的狼煙。少女們都是這樣過來的。但喜德不是少女，他比較接近那種外圍的好事者，八卦說得比誰都勤，但真要他出手幫忙什麼，他什麼也不會做。

我們還是碰面了。喜德沒有來我家，我們約在外面吃飯，一間我早就想帶他去的店，賣印度烤餅和奶茶。味道很香。烤餅很好吃，如果你想要甜奶油，他就給你甜奶油，也有鹹的。喜德以前暗戀的男生有印度血統，他說自己當兵時天天都在想這人。我沒忘記這件事。

店內很狹窄，我們坐在外頭的棚子裡。烤餅很快上桌，他還跑去隔壁攤子點了雞肉拌麵，裹著紅通通的醬汁，美味極了。我們聊選舉結果，聊書，還抱怨了稿費的事，這是文學圈歷久不衰的話題之一。稿費很低，但我們，至少我個人而言，從未覺得自己寫的東西值得別人付我錢。「我真佩服那些能理直氣壯說自己的東西一個字值幾塊錢的人。」我說。喜德沒有附和我，也沒有反對我。

喜德告訴我，他正忙著弄學校裡的寫作坊活動，他們找了個外頭的廠商，想方設法的，把文學和其他領域結合起來：文學桌遊、文學露營、文學品酒、文學SPA……這次他負責的寫作坊主題就是這個，文學SPA，「妳有什麼相關的靈感嗎？文學讓妳放鬆之類的。療癒？按摩頭皮？還是拯救了妳的人生？」

「沒有。」我說。「文學只會讓我緊張。」

「那個主題上次已經做過了。文學與身心保健。」喜德說：「來點新鮮的吧。」

奶茶喝完了，我還在用吸管刮著杯底。喜德說他這陣子都沒空讀書，不止這樣，連交給我的東西都可能會遲。和他一起負責這個寫作坊的學姐暫時請假，他得一個人把工作做完。

她忙著談離婚。他說：「她老公有小三。」

喔。我說。喔，這樣。

妳知道嗎？他老公就是我們學校的教授，那小三是他系上畢業學生，真是毫無驚喜的發展。喜德說，起碼來個學生家長吧。偷情就算了，居然還載小三去學校附近的旅館，藏都不藏的。馬上被人通風報信，當場讓我學姐抓個正著。大概注意他很久了。真的很好笑，他以前還到處宣揚自己支持女性主義呢。

「很俗爛的故事。」我說。

「婚外情都是差不多的故事。」

「但這事大概一輩子都會跟著她吧。」

「不會吧。這種事情，他是男人，又是教授級別，能受什麼了不起的影響？」喜德說。

外頭開始下起雨，雨從店家架設的塑膠頂棚傾瀉而下，下得綿密又逼人，在泥地上流出幾條道路。我們的座位距離門口很近，無可避免地承受踩踏、噴濺，必須學會非常高明的槓桿技巧，才能完美避開。我們互看一眼，決定快速撤退。大雨沖刷的街道遮蔽了視線，彷彿緊緊跟隨的密室。前方是一小塊特意劃出來的公園地，雨水把草皮的綠弄得濕潤，黃的大象，藍的鞦韆，紅的單槓，從頭到腳被洗得乾乾淨淨。我們都沒帶傘，在暴雨之中，急忙三步兩步奔往附近的便利商店。

等下要做什麼？喜德問。顯然有點續攤的意味在。

他買了兩盒冰淇淋，其中一盒遞給我。真冷。我全身濕淋淋地站在空了的傘架旁，撕開冰淇淋的外盒薄膜，舔了一口盒蓋，人造香料的酸甜感瞬間襲來。我還沒來得及認真思索，直覺就說：我朋友明天出院，等等要去看她。

意外地，我見到J了。

我走進病房就看見她了。J長得比實際年齡還要小得多，五官立體漂亮，看起來不像是一個坐辦公室的人。當然，也不像一個主管。至少我很難想像她兇人或命令誰的樣子。她低著頭，把頭髮塞到耳際，正在幫小捲折衣服。但她顯然不太會做家事，動作太秀氣了，把一件袖子在那裡翻過來又翻過去，像是在玩。

小捲請我把床底下的袋子拿來，一股腦把衣服全塞進去。這樣就行了。別忙。

要我說，看見J的第一秒，我就感覺，她的確不像是系統裡的人。她很空白，既不偏向小捲那裡，也不偏我這裡，以人類來說，她屬於中間地帶。如果我們身上都有臍帶——隱形的，和有血緣或無血緣的誰聯繫的臍帶，J看起來就沒有那種東西。

她當然有家人，我剛進病房時，她們才正在說著醫院附近，J有一個感情不錯的姑姑住在那裡，她來醫院時會順便去找她，還讓姑姑驚嚇了好幾次。但我說的是她個人，看著她的時候，感覺在家庭或社會排序裡找不出位置。她不是誰的誰，她就是她自己而已。這樣一個輕飄飄的人，和她發生什麼事好像都沒關係。

我站著，不知道要說什麼。感覺自己像個煞風景的存在。

「沒事。這段時間她天天都來。」小捲說。

小捲為我們互相介紹，但她說得太快，我還是記不得J的名字。想了半天，我只擠出一句：「聽說妳有在教鋼琴。」

「我本來是喜歡大提琴的，國中時拉過一陣子，但我好像沒什麼天分。」

J把我的手掌攤平，再和她的手交握。

「嗯，妳手指也很長，可以試試看喔。」

我們站在病房中間，做出拉大提琴的動作。J比我高許多，皮膚熱熱的，我被她捉著就像大人帶小孩，一下攬個滿懷。我摸到她指頭上的繭，也看到她手腕內側的刺青了。J大概發現我在注意她，看我一眼，我們互相對視。

天啊，再這樣碰下去我都要愛上她了。

小捲的石膏腳看起來和上禮拜沒什麼兩樣。打了一塊鋼板固定。要五萬塊。「還好有保險。」小捲說。「但得出院了，也不能不工作。這裡網路訊號不好，很難開會。」病房裡外套衣服丟得到處都是。她拄著拐杖，走到小桌前，把上頭堆著的書一本本翻開，抖一抖，摸出一個信封袋，遞給我。

裡頭是兩張特映會的票。

「我顯然是看不到了，和妳那個什麼查先生的去看吧。」

「是查理。」我說。「妳叫他查先生，好像在叫金庸。」

小捲笑出聲音。「只有妳會這樣想吧。」

接下來的那個星期，我都待在辦公室，處理喜德寄來的稿件，圈出幾個問題點，再重新校對一次。就精神層面來說，我比喜德弱很多，以前在學校時就是這樣。他敏銳辛辣，論點精闢，總能一下抓出別人察覺不到的漏洞，很適合繼續念書。老師同學聚在一起時，別人總想知道他的想法而不是我的，我完全理解，因為我也是這樣。

但很快的，狀況不同了，就社會層面來說，我現在成了付他錢的人，儘管這不過是外包之下的外包，文化產業鏈的下層再下層。我仍然可以改他稿子，請他按照上級的指示重寫。我可以低聲下氣，可以百般請求。我們都在同一條船上。但現實是，若他交不了稿，就領不到稿費，去付他的房租生活費和買書錢；現實是，在這裡，他所有理論和學識都不適用，這裡的唯一準則，就是上面說了算。

我把喜德的座談紀錄轉寄給同辦公室的Eric，要他請美編入稿。

Eric在電腦前發出一聲很長很深的嘆氣。這版面已經改過不下五次，不斷被退。我坐在那裡，覺得一陣憤怒。這感受宛如浮水印般礙事，卻怎樣都消不掉。

我待的這間公司分出幾個部門，專做公私機關標案。這間辦公室裡就只有我跟Eric是一個team，我負責標案活動，他負責刊物代編代印。這個工作表面看似和小捲的工作內容相近，但實質上簡直天差地遠。我一直不敢告訴喜德，我跟他說的那些文學見解，作家小道，都是從小捲那抄來的。我的生活裡根本碰不到那些。

Eric在這裡工作七年，據說以前拿過幾個大報的文學獎，論年資來說是我的前輩。我剛進來時人人都誇他是美男子，羨慕我和他一起工作。七年過去，美男子依舊美，但那美裡面總露出了一點疲態。那美也無法幫他搞定公部門的窗口，或止住他源源不絕的抱怨。一年前，我的主管說要升我職後，每個晚上我都睡不著覺，想了很久之後才和他說，我沒辦法，Eric不可能鳥我的。

我主管看著我，我看著他。他笑了。

「怎麼樣？有誰覺得自己很有才華，所以不甘願做事的話，妳可以跟我說。」

「不是，問題是我。我沒有管理的才華。」我說。

「沒有才華更要努力。這世界上最可怕的是，比妳有才華的人，比妳還努力。」

我沒話可說。看著我主管坐在辦公桌前，雙手托腮，一副「萬事ＯＫ」的態度：「接下來，就是妳的工作囉。」此後每次，當我得要走到Eric的座位旁，交代他做點什麼或改些什麼的時候，我就覺得，世界還是趕快毀滅算了。

Eric傳了一個求救的貼圖給我，要我過去。

「還是被退了，承辦說這樣排不好。」

「不好？哪裡不好。」

「他就說上面不喜歡。」

我們沉默下來，看著這塊版面很久，已經改到沒地方改了，「那我來處理好了。」

「好。」

Eric露出很明顯鬆了一口氣的表情。

我坐回位置上，瞪著電腦螢幕。打開網路收件匣，看見喜德寄了張照片給我，那是某位文化工作者罵我的截圖。我並不認識這人，但據說他和我前任同事鬧得不愉快，活動被取消了。此後每做這個職位的人都要被罵一輪不可。他註冊了好幾個社群平台，天天都在上頭罵，發文頻率之高，令人不免思考他是否生活裡沒事可做。我也見過他罵圈子裡其他和他合作過的人，但奇妙的是，我從沒見過他罵任何一個男人。Eric在這單位待得比我還久，但這人沒罵過他，也從沒罵過我主管。明明若要檢討產業問題，得往上一層層抽絲剝繭才是。但沒有，他只是罵。

這是性別問題嗎？不，終歸是階級問題吧。

我和我的前任同事都是這間辦公室的最底層，罵我們沒有任何風險。但最核心的問題可能是我，軟弱，一無是處的我。

下班時間，Eric準時站起來，很飄撇的穿上他那件看起來很昂貴的大衣，又長嘆一口氣。離去前對我說，公部門都是白癡。

但難道你都沒有任何問題嗎？我在心裡忍住。不能說他錯，因為我也有氣；也不能說他對。主管教過我，要在心裡親切地稱他們為，業主，或者客戶。而無論是業主或客戶，他們在另一端大概也是這樣看待我們的，像個白癡。標案就是一個能揉爛人靈魂的工作，是卡夫卡的官僚式迷宮，所有人遵從迷宮的規則，痛苦的不是迷宮，而是遵從本身。站在它面前，所有的熱情或善良，包含同理心之類的名詞都不適用。

要是這間辦公室裡的人半數都變成機器人就好了——機器人不抱怨，也不避開麻煩事繞道。比起人類，我更想跟機器人相處。但它們學習能力太強，要是跟人類相處久了，大概會不小心連那些懶惰壞脾氣或小裡小氣性格都學起來了吧。人類就是這麼煩。

以上這些，小捲一律否認。工作就是這樣，什麼揉爛不揉爛，太誇張了。妳只是碰到髒東西而已。不必覺得自己很了不起，但也不必覺得有什麼好可憐兮兮的。不要學一些作家脾氣，ego明明那麼大，又故意表現得自己很卑微。

小捲有時真的很站在高處說話。

我關上電腦，預備和查理去趕電影。

明明是做過電影工作的人，查理卻說他很少上電影院，他都在家看老片。喔，我默默想，那難怪你會失敗。我們的關係是經由電影建立起來的，他卻彷彿不是很在意。但濱口龍介的片是一定要看的。我強調。小捲知道我的口味才把票給我。

那是一場常見的電影特映會。查理猶豫了很久，才答應和我一起去看。他顯然是擔心被認識的人看見。我也怕，因此躲在女廁附近，佯裝是要排隊上洗手間。大廳很擁擠，我看到幾個聽過名字的人走過去。一直到電影快開場了，我們才會合。無聲無息鑽進黑暗裡。

進場前我戴著帽子，那是一頂很軟的漁夫帽，恰好遮著我半邊臉，以免有什麼「不時之需」——我知道，戴帽子進電影院實在是件很缺德的事情，但我一直緊緊戴著它直到散場。

在黑暗裡，查理坐在我右手邊，他的左手握著我的右手，簡直是為了牽手才看的電影了。開場前，我還因為怕看見誰而坐立不安，直到燈光暗去才放心。查理的手很熱，也很濕，手指打著節拍，撫著我的手心。那節拍讓我逐漸冷靜下來，可以好好的看電影。慢慢地，我感覺不到我的胃，也感覺不到我的腿，整個身體彷彿只剩下查理牽著的那隻手，以及眼睛。此刻，我是一個只有一隻手臂和兩顆眼睛的女人。

查理身上似乎總有一種節奏，一種曲調。那音樂的名字是：再慢一點，再久一點，讓這一刻延長，再長一點點……最後化為胸膛裡的節拍。像心跳。被我的皮膚吸收、融化。我的身體裡不知道什麼時候，也打起了節拍。我看著銀幕上演員的臉，絲毫不為這部電影的結局擔憂。我一心一意想著的只是，還能在什麼地方再握握他的手。

我們牽著手，在片尾開始跑工作名單時站起來，推開影廳向外的門。

一出影廳，查理就放開我的手了。

我們加速往前走，那是在一個其實很稀落的文藝特區裡。影院外的空氣透著涼意，園區裡傳來高低錯落的音樂聲。行道樹上還一圈圈纏著未拆下的聖誕燈飾，遠方有人在大聲講話，聽得到自己腳踩在積水上又濺開的聲音。時間很晚，看電影前我來不及吃任何東西，應該要很餓了，查理也是。但我們沒有說話，繼續往前走。我們走過殘留濕氣的十字路口，走過還未打烊的百貨公司前，轉進後方的收費停車場。

我車在這。還有想去哪嗎？查理說。

我們坐在車內，繼續說話。我不想問他什麼時候得回家，不想讓今晚就這樣結束。只好轉為觀察這輛車。這是台老車，外觀看起來很舊了，但保養得很好。查理這種人，向來是懂得讓自己用好東西的。車內很清潔，顯然有仔細打理過，以及淡淡的香味。查理不知道那味道是什麼，是他太太弄的。

我伸手，無意識地撥著掛在鏡子前的吊飾。

「你太太都看什麼電影？」

「她很挑片的，連我拍的東西都不想看。」

「感覺上很有藝術氣息。」

「可能吧。」

「她究竟是什麼樣的人？」我問。

「就是一般人。」他說，「對我很嚴格的人吧。」

「你們相處得好嗎？」

「沒有好，但也沒有特別壞。夫妻就是家人。」

「你們平常會擁抱嗎？會接吻嗎？」

查理看了我一眼，「家人不做這些。」

「所以你才想要跟我偷情？」

「妳問這麼多，是要來指責我的嗎？」查理說。

「可能喜歡你吧，才會想了解這麼多。」

「妳的表達方式真奇怪。」

「那你為什麼要和我談戀愛？」

「我想要改變我的生活。」

「改變。喔所以，我是一個類似引擎推進器的東西？」

「妳最大的缺點，就是會突然貶低妳自己。」

「聽起來是這個意思。」

「坦白說，我根本沒想過妳會願意跟我戀愛。用比較誠實的講法，我真是賺到了；用更世俗的講法就是，怎麼可能？一個已婚中年男子居然還能談一場戀愛，如果這是我電影裡的一個角色，我會祝福他；但實際上，我只替我自己感到可悲。」

「那你的婚姻，又是什麼呢？」

「等妳結婚就知道了。」

「我不會結婚。」我說，「結婚只是用來剝削女性的制度。」

查理看著我，露出笑容：「對，當然。妳總是那麼聰明。」

坐在車子裡，我想起喜德說的那個故事。我知道他若是看到了現在的我，會對我說什麼，「妳只是讓男人得逞。」當然了。年齡、金錢、位階還有法律條款，沒一樣是對我有利的。無論我怎麼解釋，都會變成那個被鄙視的對象。真的是，這種行為簡直就像是親手把武器交給男人，跟他說隨便你愛怎樣做就怎麼做。不但可以對付我，還可以對付其他女人。不用喜德指出或者去照照鏡子，我的樣子就像是一個賤貨。我跟喜德的研究所教授是一個銅牆鐵壁般的女性主義者，她絕對會非常唾棄和看我不起——最低等的那種。我是不良的嗎？

大概吧，那又怎樣。

我們都沒再說話，看著外頭。對街是一座百貨公司，掛著一個巨大的廣告電子看板，播放著最新季的保養品廣告。我看著一整群韓國女團成員從左邊走到右邊，再從右邊走到左邊。她們真漂亮、年輕又強壯，彷彿是和我不同的人種。

雨。雨滴、驟雨點點，突然安安靜靜的打了下來。

查理啟動雨刷，「要回去了嗎？」他問。摸著我的手臂。

我看著前方車窗上交錯的痕跡，再度望向廣告看板的方位，那後面有另一個隱藏在看板底下的招牌，是一間汽車旅館。

「你有帶保險套嗎？」我問。

「什麼？」

「對，保險套，」我說，「你有帶嗎？」

「妳真是有點突然。」查理說，「我們剛剛應該沒有談到這個吧。」

「因為我們今天會見面，所以我在猜你有沒有帶。」

「所以，我確定一下，妳想做了？」

我點點頭。

「如果我沒帶呢？」

「那你就是不夠想要我。」

查理看著我，一臉肅穆。

「我有帶。」他說。

那就是小房間戀愛的開始。

5

查理總是在週三或週五的晚上來找我，我猜那個時候他太太固定有事。若我公司附近沒有地方可停車，他會先在附近繞一繞，待確定我下樓了再開過來。我不知道查理開什麼車，也記不住車牌，只能盡量記憶它的顏色，以免上錯了車丟臉。

我對車不熟。一開始，還猶豫著真的要坐副駕駛座嗎，這通常是太太的位置吧。況且還有行車記錄器。但他讓我坐了，我也就大大方方坐上去。他從工作室或無論什麼地方出來時，肯定整理過了，車子後座從沒丟著外套或家居用品什麼的。查理跟他太太沒有小孩，所以也沒有兒童汽座。偶爾會在置物處看到帳單。這台車很空，像是某種寄居的殼。查理待在車上時，會把帽子太陽眼鏡手套之類都扔在前面的平台。

查理說是開車，就真的是在開車，非常有禮貌的開車。車內是密閉空間，兩個人坐在一起，當然也有點色情。有幾次查理會說，天啊，車上充滿了妳的味道。彷彿很忍耐的表情。但查理的色情都是用嘴巴講的，在車上，他從沒動手動腳。沒叫我摸他，他也沒摸我就是了。越是這樣，我就越故意用手去碰他。我小的時候——其實沒真那麼小，有位補教名師偷情，媒體拍到的畫面就是兩人在車內舌吻。查理說要來接我時，我第一個想到的居然是這個畫面——以視覺恐嚇我，並烙印在我記憶之深的，所謂的外遇故事。陌生人的激情。

那是一個小房間。

不是關係的戀愛，是小房間裡的戀愛。和查理戀愛後出現很多小房間，例如牽腳、例如握手。在外頭分別時，我們會碰一碰彼此的手，他習慣握成小小的拳頭去搥我的掌心，我喜歡那種重量。將手攤平，另一人輕搥其上的那種碰法。真的是，在身體上非常「節儉」的戀愛方式啊。當然，也例如他那台車。

開車很不錯，可以去比較遠的地方，也不必在路上躲躲閃閃。我漸漸喜歡上這輛車，喜歡查理熟練的倒車動作，也喜歡寬敞的車內空間。我之前有個同事，叫Uber叫到一台BMW，說開心死了，恨不得能坐久一點，但又好緊張。我完全不懂BMW真正的價值，但這就是我的感覺。查理的車像是我精神上的BMW，每次下車時我都格外注意路人，怕自己和這台車不搭。即便這樣想，實在讓我顯得像個無恥的傢伙，我也很難停下這個念頭。

待在車上的查理，比在我家或咖啡店的時候，都放鬆多了。他很快就編排出一張想放給我聽的歌單，也知道我習慣的椅背高度。這台車坐的人當然不只我——應該說我才是多出來的那一個。我想像他為了我，每天上路前都默默調整座椅的樣子，就有種勝利感。

偶爾，遇上紅燈時，他會把手悄悄移過來，牽住我空的那一隻手，我們掌心交疊，隨著車內的音樂打節拍。我看著他，他對我笑，看起來很快樂。

查理放老歌給我聽。是The Flying Pickets的〈Only You〉，後來變成一部電影的主題曲。彷彿從靈魂深處傳來的合聲。我們在車子裡跟著唱。完全沒聽過的團，卻有著不可思議的懷念調子。「這首歌紅的時候，妳還沒出生呢。」查理說。我就是這種人。喜歡讀妳沒出生前的書，聽妳沒出生前的歌。我已經老了，不懂妳那些新奇的把戲。妳有大好的，無限的未來。妳愛跟誰在一起就跟誰在一起，結不結婚都很自由。我只想要有個人愛我。

有幾次，我們在下午碰面。查理會先把車一路開到陌生的河堤旁，說想替我拍照。

他下車，拿著相機——那看起來很貴。要我靠著車子擺姿勢，或者就待在位置上，透過車窗看著他。我並不懷疑他取景的功力，但每次，我看著他時，都會陷入一種瞬間的無措，這是在留下什麼呢？留下照片，就是留下證據，這點常識我還是有的。就像我試著在我的生活裡將他取消。但查理做的這一切，到底算什麼呢？

河堤邊人少，沒誰會注意我們，他也顯得比較自然，會在沒人看到的時候突然吻我。

身體真的不能節儉，尤其對戀愛中的人來說，後果是引發了我對於他的強大飢渴，像一個在沙漠裡渴水的人，情願走很多很多的路去找一口井，急起來甚至像疾病，以致於見面時總是很想要他。

我們第一次做愛——就是我問他有沒有保險套那次，去的是一個小型的汽車旅館。與我們先前做的許許多多考慮完全相反，一切充滿了臨時的氣味。我們進到的那一個邊間，甚至是殘障廁所改建的。看來這時段生意很好。我想。

時段、生意，所有合法跟不合法的，都在這裡。

為了掩飾興奮，像來郊遊的國中生那樣，我們用力嘲笑了這房間裡的擺設，走廊上曖昧的燈光，床單的粗糙質感。但這床至少比我的單人床大，也比客廳那張沙發大。我們站著默默擁抱了很久，才開始脫衣服。

由於很久沒做了——我不想告訴他究竟有多久，忍不住很替我的陰道緊張。這種缺乏經驗的感覺也是久違了。雖然就實際結果而言，倒真是一點問題也沒有。我把床單弄得很濕，濕到感覺水一直黏在我的大腿上。他希望我做的事也做了，包括我替他口交，或者要我從頭到腳親遍他的全身。彷彿是那張沙發的延續，一個我所能給他的「完整版本」。但就做愛一事來說，真的有所謂的完整嗎——對男人來說，那像是射出來就完事的東西。但對我來說，在查理身上做得越多，我反而覺得，越不夠。

查理或許和我有同感。我不要射。他喘著氣，撥開我的手，從我的身體裡退出。這主要或許是他已經不年輕了，但那裡面彷彿有其他的東西。妳不要老想著讓我射精，我不要射出來。我要停在這裡，忍著，就這樣，把妳帶回家。

所謂的第一次，我們性愛的第一次，像是預示著往後的許多次。但往後的每一次，又像是第一次那樣，時時刻刻，等待著下一次。

一天的時間開始分為，見到查理和不見到的；又分為，氣憤於見不到的，和安慰自己見不到也沒關係的。這是一種全新的時間分類法。我的眼前有很多格子，格子之內又有格子。我離開床的下一秒就開始想他，花很長的時間慢慢回想在一起時的情境。直到下次見面。我在筆電裡寫下與查理有關的事。除此之外，我很難工作或認真寫點什麼。正確的說我沒辦法做任何事。只要一個人坐在那裡，打開筆電，記憶就開始滲透我，毫不禮貌地進入我的身體。

查理喜歡車子、手錶、名牌球鞋——休葛蘭代言過的牌子。各種奢侈品。法國某某酒莊出品的一種紅酒。米其林餐廳。高級音響與家用放映機。以及當然了，絕版ＣＤ。他是知識分子。但以上無論哪一種都不在我知識範圍內。以及，超合金玩具。他說自己剛出社會時，太想要某一款玩具了，每個禮拜都去店裡看，但實在買不起。「真的是想得要命。但只能這樣一直看一直看……」他比了個手勢。我笑了。他說過的故事裡，我最喜歡這個。

當然，還有婚戒。經典的、不敗的logo——我從來沒有想過有一天，我居然成為一個盯著婚戒不放的女人。況且那還是別人的婚戒。這世上男人很多種，查理是會戴婚戒的那一種。一開始，我想著不要去看就可以了。再來變成，至少不要握到那隻手就可以了。但查理每次和我見面時，都會把婚戒摘下，放在他褲子後邊或胸前口袋。我有時覺得他是避免我碰到它，為此反而敏感了起來。有次他說：「我是怕妳看了會不開心。」我注意過他的動作，幾乎是反射性地一氣呵成。當我思考他是否在乎我時，那變成一種證明。

有一次他把戒指忘在洗手台。在旅館。我拿起來，我從來沒有看過這種所謂的，正式的戒指。不是我愛買愛玩的那種。他的戒指很厚實，感覺很高級。查理的指節顯然比我寬大許多。我撫摸它，上下拋著把玩，有重量落在手心裡。想像在賽事裡獲得金牌的那些人，出於某種不敢置信的確認，會用牙齒去啃它。

查理走進來。

「這個很亮。」我說，「你有去保養過嗎？」

「從來沒。」他說。

「我聽說像這種牌子的婚戒售後服務都很好。」

「是嗎？我倒是沒研究。」

相較於我總是光著身子，查理在旅館裡往往是衣著齊整。外套和襯衫好好地搭在椅背上，和公事包形成一個微妙的角落。我想那些東西都很貴。他會脫下衣服，在桌子旁邊折好才上床。球鞋和襪子擺在同一邊，以及手錶。彷彿隨時可起身出門。而另外一邊，我的內褲胸罩和外套全都捲成一團，扔在地毯上。

查理從來不會替我撿，但他也沒叫我去整理過。

和普通約會不同的地方是，妳總會為了見面悉心挑選衣服，擦一點口紅，耳環或者指甲油。但這裡的挑選原則只有一個：方便脫下的——口紅會被吃掉，耳環會被卸下，指甲油不適合放進嘴裡吸吮。我很快就學會不在手上戴叮噹作響的飾品，也習慣在他面前不穿內褲。有幾次，查理希望我穿特殊造型的內衣來，但不知道是缺乏經驗還是怎樣，「創造激情」之類的詞，始終不適用於我們。

我記下查理為我做過的事，包括：兩條長項鍊，一支鋼筆。都是生日時的贈禮。我不是沒期望過他送我戒指——最好是同樣的品牌，但那彷彿顯得我想嫁給他一樣。並沒有。我只是不想顯得自己低人一階。還有一個銀製胸針，當然，都是我沒聽過的牌子。那是我們第一次做愛完他送給我的，裝在精緻的鐵灰色盒子裡。「作為紀念。」他說完想想不對，又急忙解釋：「我只是覺得妳戴起來會很好看。」

很成熟，像個女人了——查理停頓，像是覺得自己不應該多話似的。唉呀我這樣很像在mansplain對不對？真糟糕。

妳有妳的人生。快去過妳的生活。查理總是這麼說。

偶爾，他會躺在我的大腿上，他說這樣有一種身分對調的感覺。是只有在這個房間裡才可以做的事。我告訴他我做過的那個夢，「喔。妳的夢都好特別。」查理說。「我也常常做夢。做夢很累的。」他居然真的睡著了，整顆腦袋在我腿上變得很沉，非常放鬆的表情。我拿手機拍下他的睡臉，意圖取笑他。後來才想到，這張尋常的，戀人般的照片，也可能會作為一種證據，永遠留在我的手機裡。

我回到家時總是很累。非常疲倦。並沒有激情結束的暢快感，只是累。和小房間相比，我的住所就像是一個簡單的洞穴。我爬進去睡著，仍然做夢。

有次，我聞到自己整個房間裡滿滿的精液的味道，從床上流到地板上，滿滿都是。

怎麼回事？醒來後，我打電話給查理。

「妳的夢太誇張了啦，怎麼可能。」查理說。「我又不是馬。」

馬？馬是這樣的嗎？我躺在床上，聞著那味道。一時不知自己身在何處。

待在小房間的時候，我常常掀開窗簾往外看，旅館的時間和常人不同，進來的時候是晚上，離開時通常也是。在那消失的時間裡，外面的世界正常運轉，有人在走路、採買、吃晚餐、交談。這個時間，我為什麼在這裡呢？彷彿有人朝著我的後腦勺重擊一拳那樣。身體時常感到疑惑，待在這裡時，不會去想維繫關係這件事。杯子可以替換，牙刷拆了丟掉，一切的一切都是暫時的。從彼此生活裡擠壓出來的三小時，註定無法長久。

在這個只有廁所跟床的小房間裡，沒有生活，能做的只有一件事。

我以前不知道什麼是小房間，現在我知道了。

6

某個週五，小捲打電話給我。

自從查理會固定來找我之後，我好一陣子沒再想起她了。沒為什麼，就是沒什麼心思。她拜託我，幫忙去她家拿一袋「什麼東西」來。小捲家在我下班的捷運沿線，我之前沒去過，按著她給我的地址，在巷弄裡迷路了好一會才找到。

沒想到小捲的先生在家。

我原本以為東西會掛在門口或者鞋櫃附近，如小捲訊息裡所指示的，打開鞋櫃門，在第二層就會看到了，用一個紅色布袋裝著。但我還沒彎腰，小捲的先生就打開門了。他穿著一件簡單的黑色上衣，像是剛沖過澡。當然，我早就得知她先生的各種資訊，他是一個溫和、陽光有禮貌，且喜歡看電影的健身教練，並把我當成是小捲的好朋友。

「小捲在加班，還讓妳多跑這一趟。不好意思。」

沒關係。

「我說我可以幫她送去，但她就是不要。」

這真的是小事。

「你們是明天一早就出發嗎？」

這話我接不了了。

紅色布袋裝在一個更厚的紙袋裡。小捲的先生還在裡面多塞了一件外套，袖口摺得好好的，另外用塑膠袋套起來，「這幾天氣溫變化大，多帶件衣服總是保險。」

紙袋不重，裡頭是小捲的旅行用品，換洗衣物等等，一樣疊得整整齊齊。

我們沒什麼交談，但光是寥寥數語，我就明白過來這敘事了：從她先生嘴裡我得知，我和小捲還有她同事一群人，即將出發去一趟親近自然的山野旅行，而且開車的是我——怎麼可能？我連駕照都沒有。這扯謊也太沒邏輯了。我幾乎無法再聽下去。

你們好好玩。

我說好。

我抱著那一袋「什麼東西」慢慢下樓梯，離開時才感覺到自己的怒意。這裡的住戶習慣很差，雨傘鞋子都堆在走道上，好幾個鞋櫃疊得滿滿。我想起小P最討厭這樣，她老是唸淇淇不要把雜物堆在門外，看了討厭。樓梯是用來走的，做人是有界線的，不要侵占別人的空間。

下樓時，我踩到二樓一戶人家的拖鞋，使了點勁，用力把那隻鞋踢到樓梯最底下。

開車的當然不是我，而是J。她們開著一輛休旅車出現在我家門口。

小捲從副駕駛座下來，說要和J的幾個朋友去露營。朋友？我的朋友很少，查理從來沒見過任何一個。至於他那邊，他有幾個會固定聚餐的家庭朋友，我自然想都不用去想。

後車廂很滿，堆著各種器材與雜物，大小紙箱啤酒罐頭。還有一個橫放的烤肉架，彷彿是用過之後懶得收起來。但她仍然擠出一個空間，把我拿來的紙袋塞進去。

「妳已經可以去露營了？」

小捲給我看她的腳。不能跑，不能跳，但可以隨意散步，在大自然裡慢慢走一走。他們會開車上山，找一處良好的露營地，好的營地每到假日總是很熱門。她就坐在那邊，或許把營帳架起來，烤肉用具備妥，或者煮一壺咖啡，等待其他人探險回來。「那有什麼好玩的？」我一說完就發覺自己有多蠢。本來就不是為了玩。那是戀人的時間。戀人的旅行。

她看起來很期待，以至於我不好意思問她：所以妳現在是利用我嗎？也想故意告訴她，妳先生怕妳冷，還多放了件外套。

J戴了一頂棒球帽，坐在駕駛座上，漂亮的臉靜靜看著我。

下次換我幫妳打掩護。小捲說。

走上樓的時候，我忍不住一陣冷一陣熱。這是在示好，還是示威？這樣想很壞。但我也猜小捲根本沒有想那些，她大概真的覺得那是種交換，一種「同道中人」之間的協助。這個想法令我更覺得不要臉，她的罪惡感離家出走了是嗎。但無論我怎麼想方設法地罵她，好像都會一併罵到自己。我也知道，這個結了婚的女人，她的腦袋裡只有J而已。

我能怪她嗎？

那查理呢？他的腦袋裡也只有我嗎？

7

比起脫衣服，聊天往往是我們在床上做的第一件事。查理喜歡那樣，讓我靠著他的肩膀聊天。我們的腳跟手隨意交疊在一起，像兩件家具。有時候我急著想做，他反而更有談話的念頭。最近在忙什麼呢？看了哪些電影呢？查理會咬著我的耳朵說：我喜歡聽妳說別人的壞話，告訴我。一副興味盎然的樣子。但無論怎麼看，他的生活都比我有趣多了。

我告訴他小捲的事情。他聽我罵完一陣之後說，女生真奇怪。再開口時表情顯得不自然，「妳告訴她我們的事了？」

「對，不行說嗎。」

「我以為這種事通常不會說出來的。妳不怕她告訴她先生或那個女朋友？像妳告訴我一樣？」查理遲疑，「她會怎麼想我？」
「我不知道不能說耶。畢竟我又沒經驗，哈哈。」
查理沉默很久，再開口時我以為他要生氣，但他只說，那個人是妳朋友吧。那妳想說就說吧。我也沒什麼好阻止，雖然妳已經說了啦。
「但妳是怎麼講我的，把我描述成一個十惡不赦的大壞蛋？」
「可能需要下十八層地獄的那種。」我說。
「真可怕。」
「你是不是不希望我說？」我問。
「嗯，我覺得很可怕。」查理說。「但也許跟個妳信任的朋友說，妳會比較好受。」
「你覺得我不好受嗎？」
「嗯，妳不好受的時候，就會來找我麻煩。」

「例如說？」

「問我很多問題。」

「不能問你問題？」

「可以，可以。」查理舉手做投降狀，「當妳用問題回答問題的時候，就是生氣了。」

和查理一起的時間，多數是快樂的。但隨著日子拉長，不知怎地，事情開始變得有點不對勁。時間之外的另一種時間，逐漸顯露出它的面貌來。它無所不在，它體積龐大，占據這整個房間。

事實上，所謂的不倫或偷情——我和查理的關係並不如想像中的香豔刺激，也沒有特別的悖德或大膽戀愛之感。那，我們到底在做什麼呢？有些時候，我覺得我們只是像往常一樣不停在對話而已。

是的，對話。對話始於問題，而問題始於對話。

查理要我說話。他想跟我聊天，而我想說的只有一個：你和你太太也這樣做嗎？

「怎樣做？」

「在床上聊天。」

「兩個人住在一起不說話，不是很奇怪嗎？」

「我是說，一邊做愛一邊聊天？」

「這倒沒有。」查理說。「她不是那樣的人。」

「那是怎樣的人？」

「不是一個話很多的人。」查理握住我的乳房。「跟妳不一樣的人。」

「為什麼妳問題總是那麼多？」查理說。這不是調情，他是真的困惑於我的問題之多。為什麼妳對每一件事都要追根究柢？這對妳有什麼好處嗎？這個問句，又引發了我對他新的疑問：為什麼你一點問題都沒有？你不覺得我們這樣談戀愛有什麼不對嗎？這種狀態要持續多久呢？一個月嗎？一年？還是，一輩子？

所謂的狀態，所謂的這種狀態指的是，我們總在對行程。明明在同一個城市裡，我和查理卻像住在不同國度的人一樣，擁有各自運轉的時區。且它們並不重疊——即使重疊，我們仍都在各自的社會身分裡。一個最基礎的苦惱：我想見他的時候，他總是不在。

我們有可能去旅行嗎，很小的旅行。或者說，有可能整天都待在一起嗎。立刻被他否決。我不知道臨時會有什麼事，況且，這很容易被發現。

喔，好啊。那我們就隨緣吧。我說。

我盯著手機，過了很久之後，才得到查理的回覆：我再想辦法，好嗎？

我很想說，其實，其實即使是一天，也只有三個小時。到底還要想什麼辦法啦。沒有早安，也不會有晚安，被鑲在畫框裡的，小房間裡的三個小時。

查理做完愛後，總是變得冷淡、寡言，而且急著想離開。當我從浴室出來，看見他已經把衣服一件件穿好，正在彎腰綁鞋帶時，胸口就會升起難以言喻的憤怒感。他要回去過他的生活了。他從不在這裡洗澡，也未曾熱衷過挑選房間樣式，我們很快就不斷進出相同的小房間，初次到訪的興奮感也早已消失殆盡。

「又不是來做旅館巡禮，去哪裡不重要吧。」查理說。

我們沒能一起出門，一起回家。沒能一起看誰的展覽，沒能不緊張的在外頭吃完一次晚餐。也沒能一起出國旅行。有次連機票都訂好了，不過是陌生城市的兩天假期，他想了許久還是要我取消，話說得很小心，「萬一怎樣，我不能保障妳的尊嚴。」我的尊嚴，我竟沒辦法自己決定了。於是我知道，無論怎樣欺騙自己，這不過只是把一個小房間搬到另一個地方的小房間。

他常常做夢。有次跟我說，他夢到自己和一群年輕人分租套房，還得共用洗衣機，夜裡吵到他睡不著覺，擠在那些歡快的聲音裡感到恐懼，醒來很不舒服。「我好怕過那樣的生活。」我知道他在說什麼。

那不是家。至少他要住的家，不會是那樣的。

我逐漸發現，某些旅館每次保留給人休息的房間總是那幾間。我把房號記在手機裡，看著看著彷彿真是種摩斯密碼，而我顯然是個不太高明的間諜。

間諜是孤獨的行業，我想偷情也是。

喔，別忘了還有寫作。這兩者的差別在於，人人都搶著當個大作家。

我在網路上找到一張照片，看起來是在片場。查理正臉對著鏡頭，微微側頭，我很喜歡他的表情，比他用的幾張官方照片自然多了。我把照片放得很大，反覆仔細地看。他的太太站在他後方約兩三步遠的地方，彷彿是意識到鏡頭般，低著頭笑了。那裡頭有一種無法明說的放鬆氣氛。查理的太太是劇照師，照片很少拍到她。但勤加搜尋，總是能找到幾張落下的合照。

我也發現，查理每年都會跟太太慶祝結婚紀念日，會提早訂好餐廳，把自己設計的可愛貓狗圖案的卡片放到她面前。和給我的卡片一樣的卡片。沒想到你是一個會用同一種方式對待你的女人的男人。我諷刺他。「『我的』女人？妳怎麼會是我的呢。這太大男人主義了。」查理說，「妳不應該是任何人的。」我看著他。如果沒有我的話，那就會是一幅鶼鰈情深的圖像。我曾經想像過的，一種理想的夫妻關係。

「如果你告訴我你跟你太太其實感情很好。這一切都不會發生。」我說。

「我說過了，我們就是家人。」查理說。

「但你就是很在乎她啊。」

「難道妳不在乎妳的家人嗎？」

我沒說話。

我也很在乎妳啊。查理說。我真不懂，難道妳希望我是因為感情破裂才找上妳的嗎？那樣不是更悲哀嗎？「好吧，畢竟妳是寫東西的人，總是想很多。」

有時查理會提議，我們來看電視吧。帶著某種討好意味，他知道我想要像普通戀人那樣，這是他急欲表達的愛。於是我說好。我們併肩坐在床上看電視，像短暫模仿了誰的尋常生活。

從外地上來台北玩的朋友，暫住旅館幾日。去拜訪她和她的嬰兒時，我被那些高度相似的房門和走廊弄得焦躁不安，連話都沒法好好說。感覺每道門後面都有查理，正坐在那裡把襪子脫掉。我必須非常壓抑自己才不至於去推開其中一扇門。非常想逃走。我知道那些門後面有什麼。我暗自比較過每間不同的房型和各色物件，從來沒想過我會成為一個這麼熟習旅館配置的人。

偶爾我覺得我無法完整複述這一切，包括和查理吵架時。我們在小房間談話，在床上談話，在車子裡談話，總是暫時的空間。永遠會被打斷，暫停，能講出來的都是不重要的細節，避開核心之後便無可闡述，最後讓兩個人都疲憊厭倦。

或許這對我來說是陌生太多的事情。我上網查詢別人經驗談，這種事情沒有人教，沒有指引，實用資訊零。毫無脈絡可循。但也感到疑惑，不知道為什麼要動用他人詞彙，才能把我的感受如依附枝幹般說出來。這戀愛對我來說難道，難道不是獨一無二的嗎？

有一次我陪查理出差，結果被關在一棟四星級飯店的電梯裡。那是他跟團隊移地拍攝，三天兩夜的行程。他說他太太不去，我獨自搭了近三小時的火車去找他，渴望和他一起入睡，一起醒來。

這間飯店最高五十二層星空酒吧，窗外能看見東部海岸線，以及遙遙相望的抗議布條。附近不是小民宿，就是綿延不絕的高級飯店。餐廳在四樓，中間全是住房，這沒什麼特別，必須一提的是它的高級電梯，光線敞亮，三面皆鏡，豪氣得可以在裡頭檢查牙齒。憑磁卡刷樓層，除了公用設施外，只能去到自己住的那一層，此外全被鎖住。本來呢，如果什麼事都沒發生，就只是一間稍微嚴謹點的飯店而已——或許還挺為這份安全自豪吧。

但正是這份安全關住了我。從他房間裡出來時我忘了拿房卡，一個人被關在裡頭。按鈕完全不亮，電梯卻開始緩慢下降。糟了，完蛋了。我腦袋一片空白，慌亂之際還知道自己不能打給他求助，他和他工作夥伴在一起。而我們不是。

不是什麼？不是可以隨意打一通電話叫對方幫忙的關係，不是能自在大方介紹給工作夥伴的關係，不是可以安心逗留在房裡的關係。站在不斷下降的電梯裡，我感到口腔乾乾的，還沒有刷牙呢。在那睡意完全被剝奪，強烈驚慌失措，其實僅是幾十秒的空白裡，我腦子裡充滿了巨大的恨意，為這個所謂的「不是」。這難道不是一件小事嗎？

是小事啊我知道，但生命不就是由各種小事組成的嗎。每一件小事的根本都在於我「不是」，每一件小事的發生都提醒了我「不是」，我可以避開，但就會一直避開避開直到避開他的生命。我的生命，永遠被關在對方的生命外頭，找不到一張適當的椅子坐下。除非我們能只過兩人世界，就像在小房間裡一樣。但怎麼可能。

後來呢？後來我冷靜下來，讓電梯帶我下到四樓餐廳，廳內光線敞亮，香味撲鼻，一群群人走來走去，正愉快享用自助早餐，世界相安無事。我報了房號，找了個空桌坐下，大吃清粥小菜配厚片培根，麵包兩面烤過。這裡沒有人認識我。等查理收到訊息過來，「怎麼這麼白癡。」他說。如我所料，以面對小事的態勢，把房卡給了我。他一向謹慎仔細，凡事再三確認，從來不曾被關在電梯過。我回到他房間，拆開洗手台上的免洗袋，拿出全新的牙刷刷牙。

我以前不知道什麼是小房間，後來我知道了。徹徹底底地。

在這種狀況下，性反而是最沒問題的一件事。吃飯和做愛的共同點是，只要開始享受，就不必交談。而我們只要一停止做愛，就開始爭辯，彷彿有源源不絕的問題從體內湧出。必須以性來止住。繼而重複，再重複。戀愛的魔法正一吋吋消失，但性慾卻以一種彷彿是救援投手的方式抵達。在小房間裡的時候，他抱著我，摸我的頭髮，拚命哄我。我們花比之前更長的時間做愛，他的陰莖在我手掌裡劇烈脹大。嘴巴不能空下來，得有什麼去急急補上。可能是乳頭、嘴唇、手指或者陰莖。在這麼短的時間內。像要把所有的性一次做完那樣。疲憊不堪，無法思考。

對，這就是答案。不要再思考了。

我翻閱我電腦裡的筆記。有一行寫著：我每天一醒來就想跟他做愛。再下一行：我想做愛——但要忍耐。不做他才會想念我。

走在路上時，我總是盯著每一個經過我的女人看；坐著時，就用手機一張張滑社群平台的照片，以及網路上，那些我過去從來不會看的「心情故事」。一時之間，我彷彿對身邊所有女人的戀愛與性生活產生極大興趣。那些聰慧的，年輕漂亮的，才氣縱橫的女孩們……想必沒有一個人會落入我這般境地。

我上網買各種衣服。長裙、香水、外套和鞋襪配件等，只要我覺得我值得的東西我都買。我天天去便利商店收包裹。不管價格，不顧一切的買。

物質有時使人安寧。

我開始變得粗魯，失去耐性，疑神疑鬼，只要一見到面，就開始倒數剩下的時間。有次還在餐廳裡，瞪了打斷我們談話的服務生一眼，只因為他問查理要不要加水。種種身而為人的美德開始消失，包括整潔、禮貌以及體貼的心。我拿出查理最討厭的刻薄來對付他，對任何事挑三揀四，批判他說出口的每一句話，質疑他不跟我一樣痛苦，就是不夠愛我。
「怎麼回事？妳講話的那副模樣跟我太太一樣。」查理有次忍不住說。
「是嗎？那你怎麼還跟她在一起？」
「我也還跟妳在一起啊。」

又有一次他說：「妳一點也不了解我。」
我沒回話。
查理繼續說：人活著需要很多東西。戀愛的快樂。旅行的快樂。購物的快樂……還有，家庭的快樂。他看著我說，「這些都很重要。」
「家庭的快樂。你指什麼？」我問。
「我在想，妳跟家裡關係真的不是很好吧。」查理說。「才會連這種問題都要問我。」

我瞪著他。突然間，湧起一種想揍他的衝動，我想要掐死他，舉槍射殺他，把他的頭埋在枕頭底下。他看起來那麼瘦弱，而且有點年紀了。我應該不會完全沒有勝算。我現在就要這麼做，把他推到地上，扯他的耳朵，打得他嘴角流血，眼眶烏青站不起身，必須要掛著那張臉回家接受太太逼問。而且我能確信，他不會反擊或推開我之類的，而是乖乖坐在那邊被我揍，他就是這樣，總是由著我。想到這裡，我的心一陣翻攪，忍不住走向前，伸手抱住他的頭。我們倆都還光著身子。

「天啊，這最好是真愛。」我說。我已經不知道該拿我自己怎麼辦了。

「它最好是。不然，也太不划算了。」查理厭煩地說。

在網路上，他太太的資料並不比查理少。她年輕時編過幾本非常酷的攝影刊物。說是編，整本雜誌內容幾乎都是她寫的，擁有她的強烈意念與執行力。我甚至還曾經在藝術季上買過一兩冊，是光翻前面幾頁就覺得才華都要溢出來的那種。像這樣的人居然會和我產生連結。她工作時拍過不少男性，唯獨沒有查理。她的社群網站上當然有他們出遊或生活的照片，每多瀏覽一點，他們的家在我腦海裡就更立體一點。

照片裡，查理非常居家隨興，有時僅是一個駝著的背影。他是以一個老公，而不是一個靈感來源的姿態存在。主角仍然是她。

網站上也有他們的婚紗照，他太太的頭髮削得很短，但看起來非常美，充滿個性。婚姻彷彿對她的人生沒有造成任何妨礙。她仍然保有自由、尊嚴且受人肯定。但就算她一無是處，我也不會因此覺得自己贏了。

以前，以前我老是覺得，他太太幹嘛緊抓著他不放。但現在，我模糊的感受或許得到實證，他們夫妻之間，離不開的那個人是查理。

我不再想像他們的親密行為，查理和她不必做愛，也能繼續維繫關係，這點和我截然不同。我們如果不上床，什麼東西都不會留下來。他們年紀相仿，品味互補。在我的想像裡，查理會替她買各種生活用品，他們不必再互相餽贈禮物，而是知道哪裡缺了就買。每逢紀念日上高級餐廳。生活淡淡的圍繞在他們身邊，不是激情跟旅館小房間。他渴望被制度收編，成為一個朋友間眾口稱讚的好老公，是一項榮譽。他陪她回娘家，成為另一個家庭的好女婿，彷彿重新出生，擁有新的社會身分。返程，他們去熟悉的餐館，邊吃晚餐，邊討論要不要再買一張癌症險保單，以及，什麼時候一起去做全身健康檢查？

走在路上時我感覺，每一對夫妻都是他們。年輕夫妻是他們的過去，老年夫婦則是他們的未來。我眼睛裡只看得見他們。我世界裡的人類成雙成對，只分為是他們的，以及不是他們的。

查理總是說「我」，而我知道那是「我們」，那個我們絕不是我。

讀書時，每讀到「婚姻」或「夫妻」等相關字眼時我就跳過，避免讓自己聯想。但這樣一直跳過跳過跳過，我根本讀不完任何東西。

一個類哲學的問答：「你什麼時候思考『婚姻』這件事思考最多次？」「偷情的時候。」

很久之後我才跟小捲說，我覺得自己毀掉了。不是那種帶有控訴意味的毀，而是對於婚姻家庭這件事，一種想像力的毀滅。我曾經是一度決心不要婚姻的那種人呢，而不管我要或不要，它對我來說都是一種空白的嶄新的關係，它的好正是好在我一無所知，充滿新奇，有選與不選的自由，至少是一段從未走過的處女地。

但現在已經改變了，無論時間經過多久，我永遠會無可抵擋的想起他也走過這樣的路；小從戒指的品牌大到居住地的選擇，在各種細節推敲中明白他如何和另一個人經歷這些，我要做的事他都做過，我沒做過的他也做了，在那個他辛勤打造的家庭生活裡，不可能避掉。

那是我無法踏足的世界，如今我在自己的領地裡被迫倒帶觀看。我不是被他傷害，而是被他背後的整個制度和結構傷害。所謂婚姻，究竟是什麼呢——唯一可以確認的，是它絕對不只是一紙契約罷了。它是一整個巨大的系統與社會結構，任何人都難以脫逃。只要我還在這段關係裡，那些原本應該終生保護我的，都變成我要用終生去對抗的，一想起來就像有人用濕潤的黑布蓋住我的頭，無法呼吸。

但制度之所以為制度，並不是要製造出來傷害誰的，而是為了安置。或許正是預言了人的不可信任，讓心無論游離到哪裡去都有一個位置可回去。人是需要系統的，而我呢？我是這個系統裡的「誰」呢？我是一個bug嗎？

吵得很兇的時候，我常想到那部實際存在的四星級電梯。那簡直是一種再明顯不過，身體力行的象徵。為了安全而嚴格管理的系統，終究會讓不合法的我犯錯，永遠活在被驅逐出場的恐懼裡。

我的電梯理論，或許在我和查理身上並不適用。那部電梯裡關著的，始終只有我而已。

只是，我也時常想起，從四星級飯店離開的那天。為了賠罪，查理特地避開工作夥伴，他沒丟下我，而是陪我一道出發去車站。計程車司機有一種觀光地的攬客架勢，大聲向我們招呼：要回去啦，有沒有去哪裡玩玩？兩位是夫妻嗎？還是情侶？

「是啊。」查理回答。

車子一路往前開，這台車裡，除了我們和司機沒有其他人。司機用後照鏡看看我和查理，簡直像是上天派來的使者那樣，奇異的多話。兩位看起來很配喔，做什麼工作的？搞電影的？唉呀看起來就有種氣質。你們知道附近有一個地方外國人都會來拍片嗎？忘記什麼名字的，有演蜘蛛人那個，你們知道吧。要不要帶你們過去繞繞？

車子在公路上不停奔馳。我們強忍住笑意，默默對視。在這樣短暫的，上天賜與的純粹的時間裡。查理和我十指交扣，彷彿先前的爭執都不存在那樣。彷彿一切，真的是真的。

8

冬天過去很久，春天來了。那是接近夏的某一日，小亨利來台北說要碰面。

那是一個黃道吉日。我傳訊息告訴查理這件事，查理停頓很久才說，那天晚上是他太太的攝影展開幕。在泰順街，出版社會辦一個小派對，他要出席。我也是那時才知道，他為此改了好幾天的展場文案，因為他太太怎麼樣都不滿意。「那她為什麼不自己寫？」我問。

「畢竟我還有點才華？」查理回覆。

「是啊，畢竟。」

我刻意斷句。文字訊息沒有語氣。但查理還是看出我的不滿了，「這至少表示，我也是有點利用價值的。」查理老說我愛貶低自己，但事實上，他才是常常在貶低自己的那一個。儘管有時候，自我貶低也是一種手段。如果妳也辦個什麼展或出書，我也會幫妳寫的。查理繼續回覆。

「要付錢嗎？」我用了個裝可愛的貼圖。

「請把我的時間成本也算進去。」

「不會有那一天的。」

「妳不知道嗎？和我在一起的女人都會飛黃騰達。」

「我就不批判你的性別意識了。但她本來就很有才華。」

「妳就不能讓我偶爾自我感覺良好一下？」

「你們的朋友都會去吧。」

「當然，場子不熱就麻煩了。」

「那你還可以扮演一個全心支持太太的好老公。」

我停了半秒。想收回這句尖酸刻薄的話。但查理很快回覆了：去跟朋友好好聚聚。

再次見到小亨利，他已經不是原本我迷戀的那個博士生了。在我們失去聯絡的那段時間，他博士班肄業，到屏東某所高中教歷史，同時在影音平台上寫長長的影評，在批評某部大片後，意外以一種毒舌影評人的姿態在網路上爆紅，甚至有製片上網嗆聲，他也一律爽快回擊。儘管這並非從沒料想過的事情，但看到認識的人成為名人，仍然有一種難以言喻的陌生感。我看了幾篇他寫過的評論，值得慶幸的是，我喜歡的片他都沒有批評過，但討厭的也都沒批評。往另一個方向想，那或許表示我們的片單根本毫無交集。

我們約在以前常去的咖啡店。在見面之前，我們已經在網路上交換過不少近況。我知道他在三年之內換了五個女友，回想我和他那僅有兩個月的短命戀愛，在他的生命裡簡直就跟夏蟲一樣渺小。小到他大概根本沒把我算進數量裡。現任女友蜜蜜剛從藝術創作所畢業，在原本的系上當助理。他們相識於三一八學運現場，小亨利在臨時搭建的一方舞台做了場短講，蜜蜜則是當時來支援的學生。相較之後聽到運動裡產生的一些情慾糾葛，他們倒是好端端的持續交往下去。

小亨利也知道我在做標案，「所以妳不寫劇本了？那有在寫其他東西嗎？」

我搖搖頭。

「也好啦。寫別人的劇本，永遠都不是自己的東西。」小亨利說，「但妳這個工作說真的不是挺好。別幹了吧。」

「你怎麼一來就叫別人辭職啊。」我說。

店裡生意很好，音樂一如記憶中那樣放得很響。我們點的東西還沒來，我已經想走了。在我遲疑之際，店員適時送上咖啡與鮮奶茶。

隔了這麼久再來，我察覺到我們坐的皮沙發椅背已綻開，露出裡面的棉心，地板到處是貓毛和雜物，窗台旁的漫畫看起來已泛黃多年，封面還壓著蟲屍。一切曝於無形之中。鮮奶茶調味太甜膩，茶壺蓋顯然也沒洗乾淨。當我試圖回想以前究竟是怎麼回事這麼盲目時，小亨利開口了，「我跟蜜蜜應該過幾天會去登記。」

「我還以為你一輩子不會結婚。」我說。

「蜜蜜想要啊。」

「你們要一起待在屏東？」

「沒有，我學校已經辭掉了。我們會在台北租個房子一起住。」

「她還在當助理嗎。」

「去年就沒做了。」

「那她現在要找哪一類工作？」

「她沒有要工作。」

我停下來，感覺自己像是一個老古板，看著小亨利。

「蜜蜜說她想當作家。」

「喔，我不知道她有在寫作，」我說，「她寫什麼？」

「她還沒開始寫。」

「什麼意思？」

「她有先接了一些文字稿件，但數量不多，就邊寫邊想吧。」

「但那不也是在寫別人的東西嗎？」

「總之她想做，我就支持囉。」

「這樣在台北怎麼可能活？」

小亨利什麼話也沒說，把頭偏到旁邊，鬆鬆地笑了。啊，我懂了。我看著他的表情。光憑零碎文字稿件，若要應付日常開銷真的是捉襟見肘；但若只是純當個人的零用錢，可說是非常富有。是嗎，小亨利也變成一個好老公了。突然有種乾渴從內心深處湧上。我打開飲料單，和店員點了Chimay啤酒，小亨利則喝Gin Tonic。

「看來你生意做很大。」我說。

「普通啦。但養兩個人還行。」

我把椅子往背後靠，「你不覺得，這樣很不女性主義嗎？」

「呃，什麼意思。」

「就是，總覺得這樣不就是在靠男人生活？」

小亨利把空了的酒杯移到旁邊。右手越過桌子，彷彿很友愛地，碰碰我的手背。

「先不論什麼主義的。像這樣，她開心，我也很開心。不就好了嗎？」

說得好。我說。把滿滿一杯啤酒喝光，立刻又點了一杯。小亨利也跟著追酒。他笑的時候，看起來表情呆呆的，彷彿焦距不在我身上。像漫畫人物，所有我才叫他小亨利。他看起來比以前體型大多了，但不是上健身房那種鍛鍊後的肌肉，而是略感福態的中年男子。我無意識摸著我的臉，想著出門前的妝現在應該還維持著吧。我已經很久沒有這樣打扮了。

桌上的手機猛然震動起來，我拿起來查看。

看見查理傳了一條訊息來，我點開，沒有文字，只有一張展場照片。啊，對。他太太的攝影展，此刻正進行得很熱烈吧。他們親愛的朋友都會來，他們會圍繞著他們，讚美每一幅作品，為這個晚上舉杯慶賀。

小亨利認識的店員過來打招呼，他跟那人到外頭抽了會菸。回來時手裡拿著兩杯shot，「他們自己在喝的。」我們不發一語喝掉。另一個店員立刻又端來兩杯，表情發光，看起來是小亨利的粉絲，我跟著沾光。

「妳現在酒量好嗎？」他問我。

我把頭靠在木桌上，感受肌膚以外的溫度。「爛透了。」我說。

我在桌子底下碰他的手，用指腹觸碰他的掌心畫圈。摸過酒杯的手指顯得很冰冷。我像很久以前那樣，低聲問他，等一下要來我家嗎？

我以為他至少會在離開前擁抱我，把骨頭都要捏碎的那種抱法，或者帶點曖昧氣氛，摸摸我的頭之類的。但什麼也沒有，小亨利和我最高等級的親密，也不過是分別時友好握一握手，更別提要帶誰回家。喝了酒之後他喊餓，我們到對面炸雞店叫東西來吃，在充滿油脂氣味的空氣裡，沉默的吃了雞翅和炸薯球，用紙巾擦手。我將骨頭上的碎屑吸得一乾二淨。吃成這樣，什麼戲也沒了。小亨利站在門口和我說再見，我恭喜他。他同樣露出不知道焦距在哪裡的表情，回到店內找朋友。

我離開時甚至還有捷運可搭。我是喝了點酒。但還有理智，能站立，能控制自己別再說出丟臉的話。

等到上了捷運，我剩下自己一個人之後，整件事才清晰了起來。小亨利啊小亨利，這王八蛋。那個曾經告訴我，最好不要依賴他的小亨利；那個當兵短暫放假出來，就急吼吼催著去旅館的小亨利，什麼時候變成一個那麼了不起的男人的？我感覺自己錯失了什麼。但那個「什麼」無論以前或現在，我都沒有被選擇過。

我也察覺到我對蜜蜜的敵意，內心深處我不肯面對的是：我也想成為那種女人。我也想成為那種弱者——不，我也想成為關係裡比較弱的那一方。我也想要依靠著男人活下去啊。對，我不合格，我就是墮落。我真想站在小亨利旁邊，被他的光環圍繞。我想進入那裡面。我真羨慕從未見過面的那個蜜蜜，儘管這個想法，著實令我羞恥不已。

我不想成為我自己了。我想成為誰的女朋友，誰的伴侶，誰的家人。不論是誰都好。

此刻只有一個念頭：我想見查理。

我沒搭幾站捷運。但我一走出站，踏到水泥地面就吐了，吐得滿滿當當。黑夜朝我的臉鋪天蓋地的淹上來，可以感覺到汗沿著脖子淌下來的路徑，我看起來一定很糟糕。我只得慢慢走，停下來在便利商店買水，清洗口腔裡的味道。

那間藝廊在巷子的最末端，我一走過去就看見她了。那毫無疑問是她。她正站在外頭抽菸。兩扇落地玻璃門，門框漆成純白色。她就站在那裡，一個人，被籠罩在長方形的光線底下。我的第一個想法是，她好瘦。比照片上還瘦，她穿著一身深色褲裝。我以為這種派對，主角應該要盛裝打扮。我看著她。她注意到我了，扔掉香菸。

「是來參觀的嗎？展場在二樓。」

「喔，不。」我說，「我只是路過。看起來很棒。」

「謝謝。」

「真的不進來看看嗎？」她說。

「不用。」

「樓上都還有人。」

「不用了。我趕時間。」

還好這條路不是死巷，我沒有停下來繼續往前走，保持鎮定向左拐，繞了整整一圈，才從下一條街又走回原先的捷運站。看起來很棒？我在說什麼，那門口乾淨得要命，連個花籃都沒放，一樓空空如也。到底有什麼東西是可以「看起來」的？她肯定一臉莫名其妙，或許等會上樓時還會想著該怎麼跟朋友們說。我想像她迫不及待告訴查理，就像他們平常聊天那樣：剛剛在樓下遇見了一個喝醉的奇怪女人。

這沒什麼，奇怪的女人或男人到處都是。

或許她什麼都沒想。

那也就算了。至少這個晚上，我還是讓她浪費了一根菸。

9

我沒問查理他太太有沒有跟他提到這事，因為接下來那整個月我都很忙。小P有天緊急宣布，房東要將這房子收回，給他女兒結婚住。我們得在合約到期之前決定，是立刻各分東西，還是三個人再另覓新居。這件事立刻點燃了所有人的憤慨——我們義憤填膺，就連上週才因為貓吐在客廳地板上，而跟小P大吵一架的淇淇，此刻也和她像個好姐妹那樣，在餐桌上怒吼：可惡的資本主義社會！你們這群既得利益者，吸血蟲！

但淇淇的憤慨毫無道理。她老家有房，他們家族在台北事實上也有房，只是都分出去給親戚住了。我後來才知道，她會跑來跟我們共租，不是因為錢，而是因為叛逆，她媽貶低她正在做的插畫工作。她就是要讓她媽看到她住這種地方，和人共用廚房浴室。她在地板上鋪了床墊，就那樣睡。她的錢都花在升級電腦上了。

這種刻意讓自己身陷破爛處境的作法，我也做過。好幾次，我隻身前去夜晚的草地聚會或什麼地方聽一個講座，喝點酒，見一些人。傳訊息給查理：我在哪裡哪裡喔。半夜一個人，正在天橋上遊蕩。希望他會來接我。

怎麼可能。

有時候，我們坐在客廳裡，很認真地開檢討會——是不是淇淇常常趕工到半夜，把地板踩得咚咚響，吵了樓下房東，才讓他決定把房子收回去？我們打從一開始就不信那種鬼話，女兒結婚要搬來住？我們身邊朋友的房東，說的理由也差不多，難道他們有一個群組共享這種說法？這世界上哪有那麼多房東的女兒（或兒子）要結婚？

淇淇反駁，小P現在比她更晚回來。小P前陣子換工作，加入某個競選團隊，那候選人的老公是她國中同學——我們身邊的人，不是網紅就是候選人。小P每天回來都不斷在講電話，「居住不正義欸，叫你那個要選立委的幫我們反應啊。」淇淇說，「一定是妳太忙沒空餵貓，牠整天煩，吵到房東了啦。」

「貓才不會吵。況且妳煩妳不會餵嗎？」

「為什麼？又不是我的貓。」

多年前看一部日本戲劇，說的是那段時間逐漸流行起來的share house，自原生家庭出走的邊緣人，在共居空間裡，從「新的家人」身上得到安慰的故事。這類敘事後來成為一種戲劇典型。記得當初正是小亨利分享給我的，他和家人關係也不好，顯然很羨慕這種形態。此刻我真想說，好了啦，天底下才沒有這麼容易的事情吧。和有血緣家庭處不好的人，不代表跟無血緣的人就會相處愉快。說到底，個性不好就是不好，孤僻就是孤僻，唧唧歪歪的人，即使只是下樓去倒個垃圾，都會跟鄰居吵架，真的是算了吧。

但我不知道我還能去哪。

你會跟我一起住嗎？

我幾乎可以想像查理的表情。我怎麼可能問得出口？

但我不想一個人住。我不想回到房間時，是對著一個黑暗狹窄的地方，連對外窗都沒有的套房。再說，若我自己租房，查理鐵定會過來，連旅館錢他都省了，憑什麼。

我留了訊息給小捲，又打過幾次電話，都沒接。如果她有打算跟J一起住——不知怎地，我把這當成一種未來可能會發生的事。小捲和查理不一樣，她顯然更有行動力，也膽大一點。如果她有這個打算，或許我們可以一起找房。仍然是三個女生。

我連絡上J，約她出來喝了幾次茶。她甚至陪我看了一次電影。我們沒聊什麼複雜的事，就是逛街喝茶，買買衣服，站在電影街吃大腸包小腸，像普通女生朋友那樣。J會挽著我的手臂走路，這讓我對這個女生再度心生好感，這個初次見面就拉著我跳大提琴舞的女生，值得這世界所有的愛。而且她不太談心。我們話說得最認真的一次，是比較電影的雙人折價方案。這是一個人看電影做不到的事，非常實際。

那些日子，例如週末假日。查理所謂的家庭時間，我會和J一道出去。她跟她爸媽還有哥哥一家同住，假日偶爾得兼保姆。她帶她姪女去森林公園，我們就坐在長椅上聊天，看別人放風箏，一邊用腳把落葉撥來撥去；她姪女要去速食店，我們就坐在旁邊喝可樂，把薯條倒在一起吃。我們都不喜歡番茄醬。

我們也去搭摩天輪。這座城市裡最高的摩天輪，抵達最頂端時會停留五分鐘。我和J坐在那裡，在半空中，透明的情侶車廂裡，不斷為彼此拍照，被底下燈火吸引。

J應付小孩的方式，該說是隨興嗎——有次她姪女說要吃新上市的漢堡，她施施然的說，但妳爸給我的錢不夠喔，就結束了這個話題。在她姪女面前，她不像個大人，但要說是小孩嘛也完全不是。他們帶飛盤去草地上玩，J玩飛盤的方式是，把它扔得高高地，要她姪女去撿。「你看，她跑得很快吧。」J說，「像狗一樣。」

J這個人真是有點奇妙。

她最像社會人士的時候，是我和她聊起Eric的事情時。J告訴我，她最近又升職了，成為整個廣告部裡最大的主管，「我理解這件事之後，就不再跟自己同事私下吃飯了。」

「這樣不會很寂寞嗎？」我問。

「會啊。但不這樣的話，真正要做事的時候，只會更痛苦而已。」

「妳該不會很兇吧。」

「主管就是要用來討厭的啊。」J說。

「看來我還需要學習。」我說。

「而且有很多書講這個呢……例如《我的寶貝管理學》之類的。」

「天啊，聽起來就好累。」

「妳不看這種書吧？妳跟小捲一樣，只喜歡文學書。」

「才沒有。」

「沒有嗎？」

「只是沒想到妳會找這種書來看。」

「書是好東西。也是好工具啊，都會收集很多人失敗的例子。」

「有趣嗎？」

「非常實用。」

有幾次，無可避免的，我們也談到小捲。J說自己偶爾也會嫉妒，畢竟小捲的先生是個好看俊朗的男人，「而且真的很懂怎麼照顧她。」J夜裡難眠，好幾次睡不著，決定出門慢跑。清晨四點半，她在google map上看好路線，一路從自己家跑到小捲家，路上空氣宜人，沿途小貓小狗。J抵達時天還沒全亮。她站在小捲家門口，打電話叫她下來。

後來呢？

「她就出來，我們站在門口聊聊囉。」

「這樣她不會很困擾嗎？」

「但她也醒著啊。」

「妳真的好妙。」

「會嗎？有時候就是很想立刻見到對方啊。」

我擅自覺得我們同病相憐，都在為祕密的戀情受苦。但以現實層面來說，J仍然救不了我的急。她家裡有鋼琴生意，還得顧姪女，自己也從沒在外面住過。若搬出來和我住在一起是項大挑戰。J不怕挑戰，但她比較想跟小捲一起挑戰。若等小捲談妥離婚（離婚，她真的說出這個字眼），她們當然會找地方一起住。到時很歡迎我。結論仍然是一個字，等。

我一個人出發去看房。

租這棟公寓給我們的房仲業者說，附近只剩下兩房或三房——跟我們這間一樣的家庭式公寓，套房需要碰運氣，或者就是再跟人分租。前一陣子流行起工作室風潮，長長一張餐桌兼工作台，房間只留著睡覺，所以再小都不要緊。許多人會在桌上或客廳放些花草，或撿來的石頭和空瓶罐。但那種東西，不出一個禮拜就會積滿灰塵。

我真是很懷念小Ｐ的整潔之道。

而無論是以幾人為單位，找房子只有一個真理：好的物件總是一下就被搶光。

我到不熟悉的區域去，站在馬路邊，一邊吃灰塵一邊找路。

小捲過了幾天才回電，告訴我她忙壞了。但現在又不是月底。小捲說過：若看到我在社群平台上狂按誰讚或愛心，就表示我在催那人稿。我們拉拉雜雜說了一堆，她才說，她最近都忙著弄裝潢的事。原本的設計師太貴，她跟她先生只好自己弄，耗費不少時間。

你們買房子了？

對啊。新家有兩個房間，到時，就可以關在裡面跟J講電話了。

10

這些，我都沒告訴查理。上他的車之前，我本想問他能否載我去某個區域繞一繞，那棟公寓我白天去看過，有些東西，白天看跟晚上看是不一樣的。但這樣就得告訴他這件事。我猶豫很久，但一見到他，我就把這些事情全部忘記了。我不想浪費任何時間。

妳看起來很累。脫衣服的時候，查理審視我。怕我又會突然不開心。

「對，感覺一閉上眼睛就可以睡三天。」我說。

「三天？這是生病了吧。」查理說。

「沒有，我只是很累。」

「看來見到網紅前男友，讓妳疲憊不堪。」

「見任何人類都會讓我疲憊不堪。」

「你們聊了什麼？」查理說，「我有上去聽幾集他做來賓的節目。」

「如何？」

「蠻厲害的，可以把一個複雜的概念講得很清楚。會紅不是沒原因的。」

「畢竟是歷史老師。」

「歷史老師不錯，有前途，歷史老師都是能改變歷史的人。」查理說，「像澤倫斯基。」

「但澤倫斯基不是歷史老師啊。」我說。

「不是嗎？」

「對，你是說《人民公僕》吧？那不是真的。那是戲，是他演的。」

「他演的？」

「對，他本來是喜劇演員。他在裡面演一個當上總統的歷史老師。」

「但他真的是烏克蘭總統沒錯吧。」

「這倒是真的。」

「那就對啦，至少有一個是真的。」

查理靠著床板坐著，我躺在他旁邊。「那麼，妳跟妳的網紅前男友聊了什麼呢？」

「喔，我們上床了。」我說。

上床了？查理露出一個不可思議的表情。正是我想看到的。

「怎麼發生的？」

「我們去喝酒，結束後他就來我家了。」

「嗯，妳向來酒量不好。」查理說。

「但妳室友不會很驚訝嗎？畢竟是個網紅。」他又問。

「他也沒那麼紅啦。」

「我記得我去妳家時，妳室友都不在。」

「你也只去過那一次而已。」

「他結婚了嗎？」

「我不知道耶。你覺得我還會在意這個嗎？」

查理沒再說話。我們默默無言地擁抱彼此。

這個小房間我們已來過多次，幾乎沒有探勘的必要，通常我會試一試不同房型的電燈開關一類的。特別的是它有一整面鏡子。查理拉我到鏡子前，從後面抱著我。我看著我泛紅的前胸，上頭冒出一顆顆小疹子。一般人講到鏡子時，總會有種放蕩色情的感覺，但實際站在鏡子前面時，我真想說，其實，其實這東西，並沒有我們想像的那麼色情啦。有時候看得太清楚，反倒有種人體研究的感覺。他吻我很久，半跪下來，仰頭吸吮我的胸部。有一股痙攣般的快感。我看見查理勃起了，他去拿保險套。

在做愛一事上，查理總是特別小心，即使沉醉，仍會分神注意四周。但那天我們大概都有點心不在焉，也沒再說什麼話。一直等到做完，查理從我的身上離開時，才發現保險套不知何時破了——在日光燈照射下，它的破洞一覽無遺。我們面面相覷，那瞬間我沒有什麼現實感。但當我光著身子，低頭慢慢從下體撈出碎片時，才瞬間後悔起自己為何沒吃避孕藥。

查理很快穿好衣服，拿手機開始查附近的地圖。我們得去看醫生。但我一點也不想動，繼續坐在床上，抱著膝蓋，雙腿大張，陰部正對著他——那個幾個小時前他又舔又吸的地方，此刻對他來說已經一點魔力都沒有。

「你沒射吧。又不一定會懷孕。」我慢吞吞的說。彷彿沒感覺剛發生了什麼事，完全不想離開這張床。「這種事情不能冒險的。」查理說。

「如果懷孕，就生下來啊。」我說。

「妳有想生小孩？」查理不可思議的看著我。
「你不是喜歡小孩嗎？」我說。
「對，我是喜歡。」查理愣了一下才問，妳是在開玩笑嗎？拜託妳。不要鬧了，幾乎是哀求的語氣。我都幾歲，已經沒有要小孩了。
「我也不一定會真的懷孕。」我說。
「我想我或妳都冒不起這個風險。」查理說。
「難道我就這麼差嗎？」我忍不住說，「你難道就不會說，你會為了我離婚嗎？」
「妳在說什麼？」查理說，「妳才剛跟前男友上過床。」
「這兩者有關係嗎？」
「因為妳好像又要生氣了。我想，我也很有生氣的理由。」
「我想你沒有資格對我吼。」我說。

「對。我沒有資格，因為我結婚了，所以妳就可以跟別人上床？」

「因為你從來不在乎我的感覺。」

「離婚很麻煩。」

「但你以前不是說想和我住在一起嗎？」

「對，但我的意思是說，如果沒有身分問題，我當然是想跟妳在一起的。」

「但你剛說你怕麻煩。」

「對。難道妳覺得很容易嗎？」

不知道。我很快回答。我又沒結過婚。

查理笑一笑，拿起外套，「我們可以走了嗎？」

前往診所的路上，查理不斷講著黃色笑話，大概是為了平復緊張情緒，但我心裡只想著我的下體。車子裡冷氣很強，但我不停冒汗，感覺身體黏黏的。不知道是剛剛沒沖澡的關係，還是新的汗水。我們先去了三間藥局，想碰碰運氣。果不其然，沒人願意給我事後藥。只好還是乖乖找婦科診所掛號。旅館附近不是我們熟悉的地方，況且時間晚了，動作得快。我們駛過一個收攤的市場，過了馬路，再開一段長長的上坡道才找到一間診所。

我拿出健保卡。櫃台說，很多人預約，要等一下。

診所的大廳玻璃是透明的，空氣很冷。專屬於診所的那種冷，而且乾燥。靠近櫃台的左方有一小區，寫著「驗尿交回放置處」，站在那裡的護理師戴著手套，有人填了表格，她就把一個紙杯交給她。裡側的等候區坐著一個女人，帶著一個小女生。她背後的牆壁，最上頭有一台液晶螢幕，顯示著號碼。那小女生很好動，不時從女人的膝蓋上滑下來，又爬回去，最後索性整個人躺在地板上，我坐在那裡，看得見她的內褲。我旁邊有兩個年輕女孩，不時小聲交談，她們穿著同樣學校的制服，正在打Switch。左側的沙發區是一位中年婦女，頭髮紮得很亂，窩在那裡翻書報區的雜誌。我的正前方，則是一個看起來剛下班的ＯＬ。這裡全是女人。我們坐在那裡，等待叫號。

藥拿了之後，先在這裡吃一顆。

醫生是男的，年紀很大。為了領藥，我不得不告訴他剛剛發生的事。不帶情節的，我告訴他我們性行為的防護措施出了問題。果不其然被罵了。我離高中女生的年紀已經很遠很遠，但一提到性事，大概覺得不唸我幾句沒道德。

看診很快結束。下一位是那對年輕女孩的其中一個。我靠著診所的飲水機，用紙杯緩慢喝水。水溫溫的，一股不太好聞的過濾味道。我把紙杯揉扁，扔進垃圾桶。如果要我挑剔一件事，那就是這個紙杯，居然跟她們拿來驗尿用的紙杯是同一種。

查理在車上等我。這是對的。我們兩個人一起坐在那裡，實在太可怕了。

我一上車就開始哭了，哭個不停，眼淚滴滴答答流下來，感覺全身水分都被擰乾那樣。就是這樣，又是俗爛——這兩個字不斷出現在我心裡，俗爛的情緒，俗爛的眼淚，但最俗爛的是無法迴避這一切的我。查理享受我們之間的性——我也是，但我無法輕鬆當個不把這一切當回事的豪放女，必須露出惡狠狠的，世俗女人的臉孔。「我也可以給你一個家啊。」我邊哭邊說。我可以跟你結婚，我還可以生你的小孩啊，有什麼是我做不到的？我很差嗎？

嗯。我知道。查理說，「抱歉。」

他彷彿像是早有準備般，默默握著我的手，在車子裡擁抱我。我想，查理真的是一個正直的好人吧。我靠著車窗，像是一個見證他們偉大婚姻的證人那樣流淚。

到家之後我才發現，我的內衣穿反了，金屬釦橫在我的雙乳之間，看起來非常可笑。從旅館出來後做了這麼多事，我居然完全沒有發現。我就是這種程度的人而已。

浴室空出來了，我進去洗澡。

我對查理崩潰、哭叫嘶吼與吶喊。但我身體裡的另一個自己，卻彷彿訓練有素的知道自己該做什麼事。我對他哭哭啼啼，覺得他不在乎我的感受；另一方面卻心知肚明，這個（如果有的話）胎兒怎麼可能留。我愛一個男人的時候，就會想生他的孩子——這個想法是存在的，但撫育嬰兒，當個媽媽之類的畫面，從沒出現在我的人生圖像裡。也從來沒有想過有一天，我居然會對著一個男人大哭，喊著我要跟你結婚，還要生你的孩子。這一切實在太超現實。

我彷彿是個站在舞台上的演員亟欲表現，但這場表演，或許就像我騙他我跟小亨利上床一樣，我只是想要傷害他而已。我想要他痛苦，即便那遠遠不及我在這段感情裡所感受到的十分之一，不，百分之一，我也要。是的，我想這麼做。我要用我的子宮驚嚇他，我要生下這個不存在的胎兒，讓他緊張、焦慮，自此夜夜難眠。

是濱口龍介的電影，「我只會傷害我愛的人。」在這段關係裡，我不是平白繳械的。

我不知道查理的精子究竟有沒有可能抵達過我體內深處，但做為女人，這不是我第一次為懷孕憂心。我是個有經驗的人了。大學畢業前夕，我在學校附近的婦產科拿過一個確實存在的胚胎。當時的場景想必很絕望，但我一點過程都想不起來。回憶奇妙的地方是，妳不知道它選擇留下些什麼。

我想不起那家婦產科在哪裡。畢業之後，我試著回去逛過一次，仍毫無印象。但記得那時我已懷孕三週，吃了墮胎藥，在一張綠色簾子後頭睡了很久。除此之外沒什麼可說的。明明是發生在我身上的一切，卻比一場電影更沒記憶點。

當年，離開診所之後，讓我懷孕的男生帶我去吃了麥當勞。在大學裡，我聽過很多身邊女孩去墮胎或者陪人墮胎的傳聞，光是社團裡就有好幾個，其中一個還提供我詳細的指引，彷彿誰都可以來上一段經驗談。我不知道她們每個人的心理活動，但落到我頭上的時候，感情或道德觀念絲毫不重要，唯一能幫助自己的，就是去做。我在麥當勞的廁所裡檢查內褲，看見血塊落在護墊上，十分寬慰。

如果不是現在，我幾乎不會再想起那次墮胎，它在我生命裡無足輕重，痛苦眼淚都早已灰飛煙滅。整件事情就如同現在，永遠是一場祕密行動。

半夜三點。我醒來，非常想吐。為了避免前功盡棄，我不斷來回廚房，把冰塊含在嘴裡，試圖抑止嘔吐的感覺。我睡前吃過一次藥。查理還特別打電話提醒我，但我們都不知道還能對彼此多說什麼話。屋子裡所有人都在睡覺。我坐在客廳裡，將通往陽台的門打開吹風，把頭抬得高高地，喀啦喀啦嚼冰塊，讓寒冷洗淨我的喉嚨。後陽台緊貼隔壁公寓的房間窗戶，那裡住著一個老人和他孫子。我聽見有人在倒水、咳嗽、走路、打電動的聲音。我坐在這裡。在所有人的生活外面。

我又想吐了，這次有點措手不及。我大手大腳跨進浴室，才剛把馬桶蓋掀開，就聽見小P打開房門的聲音。她還沒睡，從我背後出現，「妳怎麼了？」

沒有。沒事。我跪在廁所地板，瞪著馬桶底部不知是誰的尿漬，一陣反胃。有什麼從身體裡湧上來，我張開嘴巴，只吐出酸沫。突然感覺脖子一陣涼意，是小P，她以奇怪的劈腿姿勢站在我後面，哼了一聲，高高撩起我的頭髮。

我滿臉是汗，她把我黏在額頭上的髮絲也順路撈起來，動作輕盈熟練。

「謝謝。」我只擠得出這句話，用手肘撐在座墊邊緣，不敢把嘴巴閉起來。「非常感謝，真的。」

「不客氣。」小P說。

我躺在沙發上，盡量不讓頭偏離重心。小P從冷凍庫底部拉出一塊冰枕，墊在我額頭上方。但我並不是發燒啊，我很想把那拿下來，但如今任何能讓我分散注意力的東西都好。「妳真的沒事嗎？」我看著小P，她一定不知道我有多麼感激她，而我所能給予的回報，也不過是將這段故事全盤托出。

她把一個空塑膠袋撐開，放在我旁邊，以防我繼續吐。但我反而沒感覺了，躺在那裡，無意識摸著沙發把手上被貓抓的痕跡，覺得自己真是全世界最爛的人。

我得活下去。

11

我做了一個夢。

查理在一個斜坡上等我，我們準備一起去搭公車。一邊走，他一邊把手伸進我的下體，稱讚我的陰毛很濃密，和身體不太相稱。我知道我很濕，卻絲毫不感到舒服，手指頭乾乾的。那瞬間，我知道自己在做夢。否則怎麼會連一點快感都沒有？公車停在一個山坡底下，站牌那裡很多人，全都面朝右。一走到那裡，我就發現自己是全裸的，一條內褲都沒有。我很驚慌，害怕別人發現自己沒有穿衣服。而查理還穿得好好的。我向他求救，說我們快點離開這裡吧，別人會看見。

他的手還插在我的下面，很溫柔的說，怎麼可以走呢，公車就要來了。

「這是什麼意思？」我把這個夢告訴淇淇。

淇淇想了很久說，「這個夢有點元素太複雜了，很難分析。」

「夢本來就是複雜的。」我沒好氣的說。

我不知道小P是怎麼跟淇淇說我的事的，但總之我不必再前情提要。

「但做夢很好。」淇淇說。「夢是我們另一種消化器官。它正在把妳過不去的事情分解。」

不知道是不是驗證了這句話，整個夏天，除了出門上班外，我都把自己關在家裡，躺在床上不停地睡。不想見人，無法回話，連燈都沒力氣開。我也不記得自己吃了什麼，只記得一醒來就不斷用筆電看綜藝影片和韓國偶像節目，我甚至把一整季《Running Man》看完。只要一停下來，「想要去死」的念頭，就源源不斷地擠進我的腦袋裡，無需切換，彷彿就只是轉開了不同的頻道。我不斷睡，睡到渾身是汗，感覺皮膚都跟床單融為一體。床單髒了，我就鋪薄被躺在地上；薄被髒了，我就什麼也不鋪，只抱顆枕頭。反正很熱。

待在房間裡，每逢需出門的日子，只要一睜開眼睛，我就毫無預警開始哭，哭到視線模糊，哭到害怕自己即將失明。出門變成一個很困難的動作，即使走到外面了，也覺得任何事物都離我很遠，霧濛濛對不上焦。工作毫無進展，活動辦得顛三倒四，一張旅平保險單要看一整天，向來只在意自己的Eric罕見地罵了我。我去公司樓下買咖啡，甚至跟不上店員的語速，站在那裡發愣，世界是一個陌生的國度，我被關在痛苦裡頭。

吃完事後藥的下個禮拜，我的月經正常來了。沒有比劫後餘生更能形容我的心情。

這之間，我只跟查理見過一次面。他正在拍新的電影，訊息回得很慢，也總是在出差。而通電話——我們的電話聯絡始終如一，只有他打來，沒有我打去的可能。即使沒和他朝夕相處，我也感覺得出來，查理對這次的工作有多期待，有種不知名的活力正在注入他的靈魂。啊，他不再需要我了，他要變回一個正常人然後離我而去了。一想到這裡，我就忍不住恐懼，逃避和查理正常講話。感覺內心絞成一團麻花，無法控制自己。

我註冊一個帳號，在網路上和不認識的人吵架，用最譏諷憤怒的言語和對方互罵。我根本不知道他是誰。我在走險路，我可能會被告。但我繼續送出文字。

搭計程車，司機對我給的大鈔碎念不已。我立刻爆炸，要是我是個彪形大漢，你才不敢對我這麼做。我痛罵他，尖叫大吼，活像個瘋女人，拚命捶前面椅背，下車時用力甩門。心裡有種報復感。彷彿體內有個花腔女高音將情緒一節節升高。必須要這樣子，我才能暫時忘記查理的一切。

能夠幫助我的人只有查理而已，但越是這樣，我就對他越是尖酸刻薄。只要逮到機會，我就不斷諷刺他的婚姻關係，在他挑選禮物給我時，要他告訴我也給太太買了些什麼。他們夫妻和朋友出遊，我一天天逼問他的行程，追蹤社群媒體上面他們的合照，說他把手放在他太太的腰上，看起來真是甜蜜。

妳不要這樣，這不是愛。有一次在電話裡，查理忍不住跟我說。我一點也不快樂。愛？愛是什麼？你說你需要愛，你對她比對我好上一百倍。你們有你們的生活。我只有我。

莫名地，我渴望告訴別人這件事，任何人都好，我想要跟人描述這一切經驗，不管別人怎麼想我或批判我，我想要不斷地講述，包括書寫這個動作。重複一再重複，經驗呼喚經驗，他們在黑暗的洞穴岩壁上，就著火把跳舞。直到它的臍帶脫離，徹底成為另一個生命，與我無涉的生命。

對話像是測試，一種道德感的抽抽樂。我告訴我一個念法律系的朋友，他年長我許多，但早已不走法律了，在公家機關工作。我們見面的次數寥寥可數，連對方的姓氏都幾乎要遺忘。我會告訴他，只是因為我們在街頭遇到。他非常驚嚇。「對方有老婆，妳都不覺得妳這樣很傷害她嗎？」我們明明已經各自走開，他又跑回來叫我。妳不知道我本科是念什麼的嗎？等妳收到起訴書就知道了。不要覺得我在恐嚇妳。上法院非常可怕，非常。

我和一個以前學校讀書會的男生見面，約在居酒屋吃飯。一聽聞這事，他表情立刻變得曖昧，「我都不知道妳這麼大膽。」我向來知道他對我有好感，但他平常見到我時，不是畏畏縮縮，就是客氣到幾乎令人尷尬。我告訴他這個祕密，彷彿一瞬間拉近我們的距離。他變得多話，興奮不已，彷彿我正裸體出現在他面前。他頻頻追問細節，我把桌上的毛豆一顆顆擠出來。他一面吃飯，一面不斷用他的手肘頂我。說，到底是誰能讓妳痛苦成這樣？他不無感嘆的說。真好。真羨慕那個人。

那個人一定很痛苦。他一定在生活裡太痛苦了才會找上妳。這並不少見，妳要懂得平衡。文學就是一種平衡。我在辦活動時遇見的語創系教授，用一種非常受不了的口氣看著我：不是我要說妳，如果老把心力放在別人身上，就什麼事都做不了了不是？妳有沒有在寫作啊。快快快，快去寫東西。

曾經待過同一個編劇小組的編劇，現在已經當上team leader，久違的發了訊息給我。妳是在跟那個導演搞外遇嗎？他是怎樣，中年危機？老婆不愛他？還是開放式關係？他們看起來就一副各玩各的。妳知道嗎，那個某某某最近到處在問人耶，笑死人了。妳不是跟他鬧不合過？自己小心啦。

在抽抽樂的過程裡，除了訴說，我逐漸發覺，那可能更接近一種求神拜佛。我祈求的是，神啊，在這偌大的籤筒裡，也許有誰能把他的智慧借給我吧，是否有人會不問是非的擁抱我呢。相較於後者，我對前者簡直是渴望得不能再渴望了。

還有淇淇。她知道的細節最多，不是我最信任她，只是她待在家裡的時間最長。只要打開房門，我們說談心就談心。縱使一開始，她因為我最先告訴的人是小P而鬧了彆扭——女生這種糾結有時實在很煩。但淇淇的優點就是，她對任何事都挺樂觀的，聽我說完後只問我一句話：「妳要不要看一下諮商？」

那也是一個小房間。

淇淇介紹給我的諮商所，離捷運站有段距離，要走十分鐘才抵達，剛好把今天想談的事情梳理一遍。那裡規規矩矩的辦公桌椅是有的，裡頭再分出兩個小房間，打開門是兩張長型沙發，心理師坐在對面。她很美，妝化得很仔細，戴著一條長度恰到好處的項鍊。我們之間有一個小茶几，茶几上放著一只小型時鐘，我講話時就看著那個時鐘。

談談吧，我們談談。

沒帶腦袋進去會怎樣？不會怎樣，但可能就會坐在裡面哭掉四十分鐘，很浪費錢。諮商一次要兩千兩百元，「有錢人才有心理健康。」諮商兩週後我告訴淇淇這個真理。

淇淇不跟結了婚的男人談戀愛，「因為就是很麻煩。」她的伴離過一次，在美國有交往十幾年的正牌女友，每年只有聖誕假期才見面。幾乎是家人了吧。「但沒有結婚就不是啊。」淇淇的腦袋清楚得很。她當初是以勢在必得的睡法去睡這個人，結果睡了四年還沒效。反倒後頭出現小四小五小六，一整串奇觀隊伍，她氣壞了。但現在放手不又要重頭排起？她去看諮商，回頭把收據夾在各種水電費報表帳單差旅費裡，扔在他辦公桌上，「你給我付這個錢。」

不得不說，淇淇真的是我見過，最敏於在戀愛上求知的人了，一感覺到自己不對勁，就立刻出發去尋找萬靈丹。儘管我們之間的交流，更像是兩種經驗的傳承——我推薦她讀一些性別研究的書，她叫我去諮商和算命，也告訴我可以追蹤哪些Podcast或電視節目之類的，「我都看鄧惠文的節目。很有效。」我幾乎要笑出來，鄧惠文！從來沒有想到有一天，我會把鄧惠文當成工具書來看；我也從來沒想過，我居然會站在暢銷排行榜前，仔細瀏覽那些情感類書籍。我想起J。「很實用」之類的形容，我如今是切身感受到了。必須承認的是，真的，非常實用。

書是好東西沒錯，那些令我活下去的工具。所有道理我都知道，但我還是時常在諮商室裡痛哭。有一次，還沒進去我就開始流眼淚。時間一點一滴流逝，但我一句話也說不出來，我放棄了，只是哭。

或許我說不出口的是，離開他，我就什麼也沒有了。

心理師很快指出這點。

我很害怕。

結束時，心理師會說，那今天就到這裡。

那話像護身符。我開門，走出去，直到付完錢離開都不會再見到她。這設計令人安心，所有的東西都被留在那個地方了。有時候這想法，可以救人一命。

或許妳應該寫的。倒不是說非怎樣不可，只是做點什麼，讓妳的痛苦轉移。小捲說。或者去做做瑜伽如何？J之前都有固定去上課。總之妳懂，就是要do something。

我跟J上週末才見過面。我們去關渡看一個展覽。照例帶上她姪女。我茫然地想，在亂說什麼，J可從沒跟我提過任何跟瑜伽有關的事，不管是什麼Hatha Yoga或者熱門的Aerial Yoga都沒有。

我坐在小捲的新客廳裡。

不止客廳，整個家都是新的。整個家散發著新油漆的味道，「但我們只重漆了牆面而已啦。」從這裡到這裡，她站在電視前面比給我看，上頭的膠膜都還沒撕下來。小捲穿著夏日洋裝，一臉清爽。我打量這裡，在客廳裡走來走去，一個充滿秩序的嶄新空間。一切都有跡可循。客廳掛著結婚照，兩旁的木質書架以及一個很大的廚房中島，盡是依照他或她的生活習慣量身打造。光是坐在餐桌前，就令人浮想未來。這一切彷彿會出現在家電DM或業配文章裡。這就是家。比起做一個通姦者，做一個太太，有太多可模仿學習的對象了。

「很棒的房子。」我擠不出任何其他的話。

「房子只要有整理都是很棒的。」

小捲打開冰箱，拿了冰塊跟紅茶過來。紅茶裝在透明的保冷壺裡，客廳桌上已經有兩個杯子。這裡是社區大樓，樓下有一個半大不小的花園。管理員盤問了我的身分好久，最後是小捲直接打電話下來，他才不甘願地替我按電梯。

我搭電梯上去的時候，碰到小捲的先生，他對我說歡迎，裡面請坐。說他要出門去帶團課了，請我們盡情使用客廳。

我把玩了一下杯子，決定繼續先前的話題，「那我如果真寫了點什麼，你們雜誌會登嗎？」

「喔，那要看妳寫得好不好啊——」小捲說。

我沒回話，過了半晌她才說，開玩笑的啦，「但妳一定知道，我沒什麼決定權。」

我才不知道。我想。

我給自己倒了杯紅茶。冰塊在茶湯裡融化，發出細微的聲響。

「我以為妳會跟J一起住。」我說。

「我為什麼要跟她住？」

「你們難道沒有考慮過嗎？」

「怎麼可能。妳知道嗎。我們還住舊家的時候，有一天半夜，她在樓下大喊我名字。」

我看著她，什麼也沒說。

「我下去陪她，帶她到附近全天營業的店坐著。好說歹說，她就是不走，天都要亮了。好幾次都這樣。我後來在公司有一陣子就老躲著她，她甚至硬要她同事把我叫進辦公室，我一進去她就開始哭。我不想說，但這真是公器私用。」小捲說，「我甚至不敢告訴她，我搬新家了。」

「她可能也很痛苦。」我說。

「我就不痛苦？」

「當第三者很折磨人的。」

「天啊，大家妳情我願的，別老把自己當受害者好嗎。」

「妳現在是怎樣，欺騙女同志感情嗎？」

「什麼欺騙，她一開始就知道我已婚。」

「還是跟男人在一起比較輕鬆？」

「我沒這樣想好嗎，我只是還沒決定。」

「妳說這種話，根本忽視了妳們之間的權力不平等。」

「權力？妳很好笑欸。我真是好奇，不過談個戀愛，我能有什麼了不起的權力。」

「妳隨時都能躲回妳的婚姻去，不是嗎。」

「我只是不想傷害我先生。」小捲說。

「妳其實是不想要失去房子而已吧。」我忍不住說。

小捲看著我，彷彿非常驚訝地，笑了出來，「妳知道嗎？妳有時候真的蠻討人厭的。什麼事情都只想到自己，這間房子不怕告訴妳，我出了全部的頭期款。」

「對不起。」我說，「是我講話太快。」

「妳懂什麼？妳了解我嗎？知道我跟我先生經歷過什麼嗎？人這種生物，有時候是靠著虧欠聯繫在一起的。」小捲冷冷地說，「妳就是這樣，才寫不出什麼好東西。」

客廳迎來一陣難堪的沉默。我還不是很確定自己聽了什麼。直到那些語言在我的腦中再次重組。過了好一會，小捲才小小聲的說，「對不起，我說話太快了。」

「不會，妳說得對。」我面無表情的說。

小捲站起來，走進廚房。她端過來的盤子裡，上頭放著兩顆小巧的司康，襯著盤面的花紋，以及兩隻小叉。司康是我剛從附近知名的麵包店買過來的。客廳裡除了新的油漆味，還多了一層隱約的奶油香氣。我們默默動起叉子，彷彿眼前的司康是最需要專心的事物。

「這很好吃呢。」小捲說。

我感覺腹部緊縮下墜，彷彿有人在我的胃裡鑿地挖土。奶油的味道令我作嘔。我真的吃不下，我好飽了。我喃喃自語。這些話，這些交談，都已經遠超過我可以負荷的程度了。不知怎的，我想起我爸說過的話：不可以說自己吃不下，否則，上面會處罰妳的。

上面？上面到底是誰？我盯著手裡的叉子，好想問我爸。所以，所以到底要說什麼才不會被懲罰？到底要說什麼，才可以表示這一切已經夠了，我吃不下，不要再給我了？到底要怎麼做啊？教教我。

我閉上眼睛，在心裡對我爸喊話。

12

我老家的房子是在我出生前買的。每次提起這個，我爸總是很得意，「妳媽一毛錢都沒有出。」他反覆說這話，不是刻意要貶低我媽，而是要表示他可以「像個男人」一樣養家。要我說，這完全是一種不必要的男子氣概。但要能客觀理解這句話，也是需要有點知識資本的。我媽面對這種說詞，為了轉移焦點，她會用力打我的手臂：聽到沒，妳爸很辛苦，不要那麼不孝。那是我爸生病之前，不斷描述的光榮時刻。那是他的好回憶。人要活著，真的需要一些得以心甘情願活下來的好回憶啊。

但有些時候，他會突然說，他買這個房子是要自己一個人住的。我以前根本沒有想結婚，也不想要小孩。我夠苦了，小孩生下來也是受苦。這部分，倒是很符合我對人生的想法。聽到他這樣說時我想，嗯，我果然是我爸的小孩。我小時候曾經有過的夢想就是能自己買一間房子，然後一個人安靜死在裡面，誰都不要來煩我。但他偶爾又說，一個人孤零零的真的很慘啦。我感覺這兩者之間好像有什麼矛盾，但又似乎沒有。

我爸的病時好時壞，反反覆覆。我不知道究竟是什麼時候開始，只能從記憶裡抓出一點暗影般的輪廓。例如他會突然暴怒，例如他總是陰晴不定。這些狀況，似乎我出生前早就開始了。姐姐是計劃中本該就有的孩子，那時他還沒失業，照片裡看起來一家和樂。但我是個意外。我有時會恐懼的想，他或許根本就沒有要我出生。

學生時代，我沒有過一家人出遊的記憶。要寫暑假作業，什麼參觀植物園或博物館心得之類，總是我姐帶我去的。我們會把泳衣穿在衣服裡面，兩個人搭一段公車去游泳池。我媽要上班，我爸不出門，他也不會開車。他就躺在客廳那張沙發上，到了晚上，會一直看摔角頻道看到深夜。

偶爾，我爸會一大早醒來，在臥室裡搥床，對著空氣喃喃自語。我一直以為我爸我媽的感情沒有很好，覺得他們隨時會離婚，但每逢這個時刻，我媽會安靜下來，走進房間，讓他趴在自己的膝蓋上哭。

「妳爸就是覺得沒人愛他啦。」有段時間，我媽固定帶我爸去家附近的診所掛號。偶爾有空，我陪我媽在候診室裡坐著等。「妳姐不在，妳又沒回來，妳們什麼都不知道。」

我媽說，妳爸有一次躺在那邊唉唉叫說要去死。我超氣，氣到受不了，罵他說你就去死啊，你這樣講話是有替我想嗎？妳爸就安靜了。

有些回憶，會昇華，會疼痛，宛如高燒不退的灼熱著……某些時候，我們取巧的稱它為「人生的一部分」；某些時候，它會在你跛腳後，從後方奔來，一把將你拖進地獄裡；某些時候，回憶發出吶喊，為的是說，我需要補償。

我爸去看牙醫回來，開始生氣。固定看診的老牙醫走了，他和新的年輕醫生合不來，躺在沙發上翻來覆去生悶氣，「我小時候牙齒爛，妳阿公怎麼樣都不肯給錢讓我看醫生，我拚命求拚命求喔，他就是不給。妳阿嬤也不理。沒人管我死活。」

被稱為阿公的人，其實是我爸的繼父。那人在瑞芳做礦工，和我阿嬤又生了兩個小孩。我爸花了多少錢，他都記在筆記本裡面，「我以前想念書想得要命，他也不讓，啊其他人都可以念就我不行。我就自己上台北找工作，晚上睡在辦公桌上，冷得要死。誰理我？沒有人理我啦！」

以我爸的頭腦，若去念書，鐵定是可以念得很好的——我爸只念到補校畢業。但他後來可是靠股票養了一家人。他生病之後，這些彷彿亙古時代的記憶，突然如洪水般滔滔不絕一次湧上。每一件事都可能是觸媒，他躺在那裡，想到就講，想到就流眼淚。

我問過查理這事，問他這該怎麼辦，或許有點跟他討同情的意味在。

「這很正常。」查理說，「那個年代的人誰不是苦過來的。我媽小時候還是童養媳呢。」那我該怎麼跟他相處？怎麼做他才會好過一點？我其實真的，真的很不孝對吧？我問。

「不知道呢。」查理說。「我好像沒有資格回答妳的問題。我有時想到我爸我媽，就覺得，我其實也沒有做得很好。」

記憶啊記憶，這到底是個什麼奇怪東西呢。我爸總是躺著，躺在沙發上。我站在那裡，看著我爸把頭埋進沙發墊，咬牙切齒，搥胸搥牆，整個人被回憶弄得痛苦不堪。那些我碰不到也摸不著的回憶。那些我看不見他所看見的回憶。

「快點。我們一起來幫爸爸禱告。」我媽抓著我的手。她這個時候就變成一個基督徒了。我都跟我姐說，我媽是「超級功利基督徒」，只要是大多數人說有用的東西，她就會去買；大多數人信的東西，她也就會去信。在我還沒長大到足以成為我自己之前，她這種幾乎沒有規則可循的「信仰」，真是折磨我很久。但至少我們此刻目標一致。

我握著我爸的左手，我媽握著另一隻。我們在沙發旁跪下來。

「等一下，禱告到底要怎麼做啊。是要說阿們嗎？」我看著我媽。

「不知道。那我們跟妳爸說加油好了。加油加油。爸爸加油喔。」

日本電影《大逃殺》裡，主角藤原龍也的爸爸上吊自殺時，身上就綁著寫滿叫兒子加油的布條——這個禱告法也太不吉利了吧，搞什麼東西。我很想黜臭我媽，但講出來不吉利的就變成我。還是算了，反正我爸我媽沒看過那部片。我從我爸的ipad裡，發現他看過好幾遍的電影是楊德昌的《牯嶺街少年殺人事件》和《一一》。我爸比我有品味多了。

某個下午，當我躺在床上，想著查理的事情時，看見陽光，陽光打在窗簾上，形成一個奇怪的形狀。我看了很久後才發現，那個形狀是我。聽見小P在外頭找貓，要搬家了，她最擔心的就是那些貓。若是以前，我會出去一起跟她看看貓到底在哪，但現在，我躺在這裡一步也不能動彈。去思考查理以外的事情，對我來說都是浪費時間。

那是一種非常慢、非常慢的思考法。像把記憶從頭到尾像舔冰棒舔過一遍那樣，還把木棍撿起來看看有沒有遺下什麼殘渣。我慢慢回想查理說過的一句話，他答應我而沒有做到的事情。想到我問他，如果我不再跟你做愛你會怎麼辦，「那我就跟她做愛。」實際上，這兩件事的因果應該是顛倒過來的。我真是恨透了他說這句話時的表情。

我躺著，用枕頭把我兩隻耳朵遮起來，試圖避免自己再想下去，真是掩耳盜鈴啊。我想及這個成語，忍不住笑出來，接著是大片大片的流眼淚。因為我上一次捕捉這個成語時，正是看著我爸在沙發上翻來覆去之時。我和他做了一模一樣的動作。在感受痛苦這件事上，我們不愧是父女。關不掉的記憶有多痛苦，現在我知道了。而我知道的，可能還不及痛苦的千分之一。

後來我才明白，我害怕的，不是失去，而是擁有。我害怕擁有低人一等的回憶。它會侵蝕我，腐朽我，讓我不再是我。——不知道是幸還是不幸，在我失去判斷力之前，我的求生本能啟動了，我必須有自己版本的故事才行。更簡單的說法是：我得寫點什麼。

除了訴說的欲望之外，我書寫的欲望還活著，它還沒死。我開始寫，非如此不可的寫。關著門，對著筆電拚命打字。

奇妙的是，一整天——那一整個禮拜，我覺得自己只有在寫作的時候是理智的。

不是為了榮耀或獎項而寫——我的寫作老師曾經唸過我這事：為什麼妳

老是要把什麼獎什麼獎的掛在嘴上？那是什麼皇冠嗎？如今想來十分好笑。儘管我對作家究竟要做什麼幾無概念。但坊間那些「教你如何當個作家」的書簡直源源不絕。J說得沒錯，書當然是好東西。讀那些書並不那麼困難，如果只是讀而已。

我待過某些文學團體，也崇拜過某些作家，那些相處時感覺到格格不入的事，在文學底下，彷彿也不那麼格格不入了起來。我聽過許多以「因為他是作家所以……」為開頭的句式。最記得的一次是，因為他是作家，感受力比較強，（所以）會騙女生也是合理的——完全沒有邏輯的東西，況且我無論怎麼看，都看不出此人的感受力在哪；以及，因為某人得了某某文學獎，就值得眾人信賴（為什麼？）諸如此類。我記起我少女時光，在各種貌似堅固的文學小圈圈不斷游離。我從來沒聽進我寫作老師的任何一句話，但，在時光之流中，過去某一刻的我，必定全心全意的信仰過。這讓我偶爾想到查理時感到悚然，或許我從未改變，我始終是想要一頂皇冠的人。

但此刻，我的心裡沒有皇冠，想要寫的欲望，幾乎就跟性一樣強烈。我想要記下一切。這欲望到底從何而來呢？或者我是徹底變了。「我變成一個不再被文學折磨，而是被這段戀愛折磨的人了。」是安妮・艾諾的句子，「我已經活在不同的世界裡了。」

查理問過我一個問題：要是我們真的「在一起」，最幸福的樣子會是什麼樣子？當然，這實際上並不是一個真正的問題。用現在的話來說，比較近似一種沉浸。對於這個問題，查理自己的想像是：若妳哪一天出了書，開了新書發表會，我會站在最後一排看著妳。面帶驕傲，告訴所有從我面前走過的人：看看她！這麼棒的人是我的伴侶。

「這就是，你的幸福嗎？」

「這會是我和妳最幸福的時刻。」

我看著他，說沒有感動是騙人的，但我也很清楚知道，如果有那一天，他不會出現。

從我開始寫作以來，我媽反覆並且強調的就是，欸我跟妳講這個，妳不會寫出來吧，為什麼老是寫一些丟臉事？有時她有點半放棄，會說，妳要寫就寫，但要寫好的。大家歡歡喜喜。時至今日，我大概可以肯定的告訴我媽，我做不了她夢想的那種小孩了。

那麼，訴說這些，究竟是為了什麼呢——我試著像個局外人那樣思考，是為自己辯護嗎？是留下證據嗎？還是很純粹的，作為一種紀念？不，不是那麼溫暖的東西。書寫是為了奪回。不是留下，而是取回，取回自己的性與自由。

我記下的筆記很多，在手機或者電腦裡，散得到處都是。我花了點心思重新編排成一篇文章。字數不長，組成一篇合情合理，具有邏輯性的文章。至少我是這麼認為的。我把稿子寄給小捲，想看看她會怎麼說。我很緊張，就像個第一次寫作的人那樣不安。

但她只很簡短地回了：好，我會安排。

我很快就在網路上看到那篇文章，全文刊登在那家文學媒體的網站上。我讀了一遍，感覺不像自己寫的。下頭已經出現幾則留言。刊登的時間比我預計得還要早，或許小捲想不傷和氣地早早了結此事吧。我不知道她的想法。把文章連結轉貼到自己的社群網站上。

那表示雜誌已經出刊了。我久違的出了門，去了書店。站在架前把整本翻完，確認文章在雜誌裡長成什麼模樣後，我就離開了。沒逛逛書店，也沒特地在哪停留。

天氣很熱，回家的路上，我在公園附近的冰店吃了黑糖刨冰，久違的甜味，在我舌頭上蕩開。望著眼前的公園。這是一個平平無奇的星期六，有一群顯然是住在附近的家長們，呼喝著彼此的小孩，背著大背包和水壺，浩浩蕩蕩的沿著公園前進。他們想必會找個好地點，跳繩，比賽跑步，玩黏巴球，以及扔飛盤。

不知道J最近過得如何？

我回到家，打開手機查看，相簿裡存著最近期拍的照片。有一張，是我和小捲站在她家大門前說話，笑得很害羞的模樣。拍攝者是小捲的先生，那是他臨出門，正要去上團課之前，匆匆替我們拍下的。我喜歡這張照片，除了我們都沒看鏡頭外，還把門牌號碼拍得清清楚楚。小捲常用的雨傘和鞋子，就放在門口旁邊。我想J不可能看不出來。

我把這張照片，附帶一些圖說，包含他們客廳裡的那幅婚紗照一張不落，全部傳給J。

13

有些事情沒有發生，例如說，我以為，我很快就會收到小捲痛罵我的訊息，指責我是個低級的垃圾，搞亂她的生活，質問我為什麼要這樣做。但實際上並沒有。她沒有聯絡我，一天、一週、一個月之後，仍然沒有任何消息。我寄出的那些照片彷彿毫無作用。但正是這樣的沉默，讓我察覺到，的確是有什麼在變化的。

是啊，她當然知道了，甚至大可以用同等方式報復我，例如告訴查理的太太之類的——我是否暗自這樣希望過？

但她不要，她就是連一句話都不要給我。她的沉默，是種唾棄，表達了她根本不想跟我這種人為伍。她要做的，就只是徹底消失在我眼前。

而有些事情，以未曾想像的情況發生了。聯絡我的人是查理。

他預備去上海拍片，是工作，但這趟旅行他太太跟著一起去。他們會在上海度過幾天，然後他太太再飛到另一個城市去。這顯然是趟夾帶著私人行程的長途旅行。我很有意識地避開這個事實（以免自己追問太多），不敢去想又要迎來見不到面，以及被嫉妒淹沒的日子。我唯一能想得到的報復，就是在他開口約我去旅館時，拒絕和他上床。

但我們沒去旅館，他也沒來接我。我們約在常去的書店，在羅斯福路上，有一整片的落地窗，門口擺設綠色植物，充滿令人喜愛的氛圍。我到的時候，他正彎著腰，檢視一排新進的雜誌。我們很久沒有見面了。

他的頭髮看起來剛剪過，短短的，露出灰白的鬢角。

查理看見我，推門出來。

「你車停在哪？」我問。

「我晚上還有約。我們在這裡說個話就好。」

「喔，太貼心了。你約我出來，然後我們就站在這裡？」

「我很快就講完。」他說。

但他並沒有看我，而是一直盯著他剛剛買書的收據，眼睛和紙之間的距離很近。我才突然發現，他不知道什麼時候換成老花眼鏡了。我們站了一陣子，他才開口說話。「我看過妳寫的那些東西了。」查理說。

「妳真是嚇了我一大跳。」

「你看了？」

「對，妳不是就要寫給我看的？」

「那你有任何讀後感嗎？」

「想法？我倒想知道，我應該有什麼想法。」

「你現在是在生氣嗎？」

「都被這樣寫了，我還不能生氣？我到底是多蠢？」

我有點吃驚。他很少用這種嘲諷的態度跟我說話，通常會這樣做的那個人是我。

「妳沒想過嗎，有誰會開心自己被寫？」

「或許我應該先告訴你。」

「不是這個問題。該怎麼說……不只是驚嚇，我是被設計了，是吧？」

查理說，「沒記錯的話，這個刊物的編輯還是妳朋友呢。我敢說，妳們肯定討論得非常熱烈。這是在報復嗎？把我寫進文章裡，作為嘲諷的對象大寫特寫，很愉快吧。」

「不是那樣的，你只是一個，素材之類的。」

「不要跟我談創作，不要談那些妳不可能比我更懂的東西。」

「我有詮釋權。」

「好，妳可以詮釋，那請問我的詮釋呢？妳怎麼肯定妳完全了解我？」

「那請問我哪裡寫錯了。」

「我不想說，好嗎？我只是要告訴妳我知道了，知道妳有多恨我。」

「畢竟你結婚了。」我說。

「對。因為我結婚了，我該死。所以妳就可以這樣做？」

「我只是想搞清楚到底發生了什麼事。」

「所以，這就是妳搞清楚的東西嗎？」

我沒說話。

「讓這個愚蠢的已婚中年男子變成文章的主角，真是大快人心，對吧？讓別人討論我，對我竊竊私語。這就是妳要的？當然，我有多爛，妳就有多可憐。我做的每一件事妳都不滿意。我總是稱讚妳，以妳為榮。妳呢？在妳眼裡，我就是個大爛人。」

「我是有想過你會看到。」我說。

「妳也知道會傷害我，但妳仍然做了，這就是妳對待我的方式。」

「這我不否認。」

「當然啦，妳真的很會寫就是了。」

查理繼續說：「妳知道最傷人的是什麼嗎？我生氣的並不是妳把我寫得很爛。而是，我一直以為我們是相愛的。但不是，事實上妳並不愛我，在這段關係裡妳一直恨我，嘲諷我。我讀得出來，就在妳寫的這篇東西裡。我到底要拿什麼臉繼續活著？我要怎麼去理解我們發生過的一切？重點是，妳幹嘛要跟一個妳很恨的人談戀愛？」

我看著他。我們站在書店門口，落地窗映著我們的倒影，微微保持著足以站立一個人的距離，看不清表情。查理彷彿像是發覺自己太激動似的，輕嘆一口氣。站直身體，轉頭往路的另一邊走了。

我站在原地，霎那間，我有種福至心靈的感覺——我一直以為，我們這段關係，這段不是關係的關係，不是戀愛的戀愛，是不存在的。它在系統裡不存在，在社會結構裡也不存在，在他的生命裡，我也不存在。長久以來，這是我痛苦的根源。但另一方面，我們此刻就在這裡，經驗著，像一對確實存在的普通戀人那樣，普通的痛苦著。

重點是，我傷害到查理了。我一直以為，在這段關係裡，他始終無動於衷，他想留就留。想走就走，若他有一天拋棄我，我沒有任何權利或法律去動得了他一絲一毫。但現在，我是真的傷害到他了。站在擂台上，我的拳頭狠狠的揮出去，擊中他了。而我比過往任何時候都深刻體會到，是的，他確實是愛我的。

我贏了，我勝利了。但我也徹底的意會到，我失去他了。什麼也不必再說。我們結束了。我自由了。就這麼簡單。

14

一直以來，我害怕的是，孤身一人，沒有跟誰配對的我，要怎麼在這個世界上活下去？我時常想起我爸，想起他躺在沙發上的時候，我跟我媽蹲著，伸手去握他的手。他對我說話。妹妹，妹妹，妳以後做什麼樣的人都好，記住，千萬不要做爸爸這種人，太痛苦了。這種人是什麼？是什麼樣的人？「我」到底是什麼呢？這樣的我，會有人愛嗎？所謂的愛自己，究竟是什麼意思呢？一個人，要能愛自己的一個前提是，你得要知道你自己是誰。你得要是你自己。你得要在你自己裡面。

你做不到的事情，我要怎麼做到呢？每次想及這裡，我就從夢裡哭出來。醒來發現自己躺在床上，大汗淋漓。我躺著，等待自己平靜下來。

很久之後有一天，我在打掃房間時，發現厚厚一落生活情感類書籍，都是那個時候淇淇借給我的。我蹲在那邊翻了很久。其中一本的書腰上寫著，愛自己。我小心把那腰帶取下，夾進書頁裡免得破損。走到客廳去，找一個全新的紙箱，準備寄還給淇淇。

這是我們住在這裡的最後幾天，淇淇已經先搬出去了。剩我和小Ｐ還在做最後的努力，試著把房間恢復到原本的樣子。小Ｐ先把貓帶去她下一個租屋處，據說那三隻都一直不上廁所，讓她很焦慮。

「每到這個時候，就覺得自己又窮又老又失敗。」小Ｐ說。

「才不是這樣。」我說，「妳這麼聰明一定知道，我們買不起房子，都是資本主義的錯對吧。」我們互看一眼，繼續擦地板。

我搬了家，去和我姐一起住。她離職了，回台灣之後，短暫的跟我爸我媽住在一起，接著立刻逃出來。家人之間，還是保持一點距離最好了。我姐講出這個簡直廢話的道理。我欣然領受。我們在老家附近租了個公寓，兩房一廳，坪數比我原本那間小，但房內空間卻大多了。我跟我姐最好的地方就是，我們在成長階段，錯過了一些似乎可以變熟的契機。家人也是需要一點契機的。我們不熟，可以在各自的房間裡，各過各的生活。

有一次，我走進我姐的房間問她：「妳會不會覺得，爸其實根本不想要小孩。」我姐轉開她的電腦椅，朝向我：「嗯，對啊，他一個人的確會活得比較輕鬆。」我看著我姐，以為她要繼續說下去。「沒，我講完了。」我沒有想要跟妳掏心掏肺，那樣很累。我跟妳不一樣，我不想要活得那麼……深刻？」我姐做了一個往下挖掘的手勢。「我們都知道這事就好了。妳下次記得敲門，不要跟媽一樣，以前什麼都不說就闖進來，煩死了。」

我爸的病仍然時好時壞。有次他狀況好一點，全家人在外頭一起吃飯時，我終於問了他那個問題：「你說，吃飽了不能說要吐了，吃不下了，會被上面懲罰。那要說什麼比較好？」

「謝謝。就說謝謝。像這樣，要對著上面說，多謝！」他做了一個雙手舉高的動作。他今天看起來真的心情很好。可能因為我姐在。

「為什麼要說謝謝？也太噁心了吧。」我姐說。「其實妳就繼續吃，吃到爆，吃到吐出來就好了，反正總是會停的。」我媽像對我那樣，很用力打了我姐一掌：「妳才噁心，為什麼要跟妳妹講這麼噁心的話。」我看著我姐，覺得我姐不愧是我姐，真是很了不起的女子。

所謂的「電梯理論」，如果我這理論可被驗證的話。如果這世上確實有，和我一起關在電梯裡的人，和我共享過同一塊黑暗的人的話，那麼，這世上也絕對有，因為進不了電梯，不得不往樓梯那裡走的人吧。樓梯這東西，生來就是一種忍耐，一種鍛鍊，一種長長久久；或者也很純粹的，就是一種互相折磨，一種從疲憊萌生出的感情。但能怎麼樣？只能走。

或許家人就是這種。

我沒有再見過小捲，也沒有跟J保持任何聯絡。偶爾我去書店，一定不忘翻翻雜誌上的版權頁，確認她是否還在那個位置上。說沒有也不是那麼精準。我最後一次見到她，是她戴著安全帽，正要走進一家非常知名的皮膚科診所。我一眼就認出她，看見她推開診所玻璃門進去。後頭緊跟著她進去的，是同樣戴著安全帽的J。她們大概是剛停好車下來。我不知道小捲的婚姻狀況究竟如何，但她看起來，跟J還在一起。

我的主管終於無法再忍受我的曠職。說到底，標案活動這工作，是連一天的假基本上都不該被允許的。無論我主管原本對我有什麼異於常人的期待，我都沒做到。我拿了一個搬家剩下來的紙箱，趁晚上進公司收東西。離開時，看見Eric在樓下停車場抽菸，他站在那裡的樣子仍然像是從哪個MV裡走出來的模特兒。我抱著紙箱走過去，和他打招呼。偌大的停車場看起來像一片黑暗的海。我和他站了一會，突然有一種久違的「抽抽樂之感」——我把我跟查理的事告訴他。

「是嗎？」Eric說，「所以妳這段時間才都沒來上班。」

「對。」我說。

「那怪不得。妳以前總能邀到他的活動或講座，但他永遠都不回我信。我一直想說，憑什麼妳邀得到我邀不到？現在終於解惑了。」

「是這樣嗎？」

我有點驚訝。我第一次聽Eric說這事。

「對，我只是沒跟妳說而已。」Eric說，「但他也沒什麼了不起。」

「嗯，是沒什麼了不起。」我說。

我們再一次道別，他繼續抽菸，我抱著紙箱，像一條魚一樣游進黑夜裡。直到搭上公車之後，才覺得這一切很荒謬，而且有點好笑。我居然還抱有一絲絲他會關心我的期待。Eric根本不在乎我搞婚外情或過得很慘被fire一類的，他只在意他是不是輸給我而已。他今晚大概會很滿足的睡著吧。或許一般人都是這樣的，人沒那麼有精力去管別人的事。我靠著車窗往外看，塞車了。這一段路每次都在經過美式大賣場前面時塞車。想到再也不用搭這條公車，我心情就變得很好。

我開始變得很閒。有時候，我姐出去上班，我會在陽台坐一整個下午。對面房子頂樓在整修，我看那些工人進進出出，一趟趟搬廢材。有次，有個人站在對面屋頂喝水，看見我，我跟他揮手。他指著我給他的夥伴看，一群工人在屋頂上，他們都向我揮手。

我一個人去逛美術館，在中央的攝影區，特展裡最具規模的一個大型玩偶前面，替路人拍了好幾張照片。或許因為我一直站在那裡又是單獨一個人的關係，許多人找我拍照。和我一樣單獨來的人，情侶、朋友或者一整個家庭，他們把相機交給我，蹲在我面前和我說明。笑一個然後，再一張。在我手裡，他們留下自己的照片。

我在想什麼？

我仍然常常想起查理。偶爾，我會在捷運上錯認，以為是他。結果發現那只是個老人。真的不是故意的。我在心裡道歉。查理明明不搭捷運啊，只是那種低頭看書的樣子真的太像。在時光之中，我想起有一次，我們光著身體躺在一起，他的手緊緊貼著我的乳房。「我不喜歡有人貼著我睡覺。」我說。「喔，但這樣像是有人愛我。我可以把手再放一下下嗎，再一下下就好。」查理說。

「好。」我說。

有幾次，我走在路上，會瞬間認出熟悉的車輛。那是查理。「查理！查理！」我大喊，急急橫穿過馬路，拍打車窗，確認鏡子上掛著的吊飾是否一樣。時常車裡下來一個我不認識的男人。抱歉，我說，真不好意思。看著那台車子，試圖找出相似的地方，我才發現，我連他車的顏色都忘了。

有時候，一邊走路的時候，我會在腦海裡跟查理對話，和他說明我正遇到的事，見到的每一幅畫像或者人，問他的意見，你覺得如何？我通常都繞著我家附近的那間國小走操場，傍晚時分，來這裡練跑的阿伯每個都比我還快。我踩在PU跑道上，模仿查理講話的方式，讓他回應我，我再繼續問他，就這樣不斷來回。我和他在一起的時光，不能稱之為習慣的習慣，如今仍然留在我身上。

大概是因為無時無刻，我總想著這些，所以，再次見到查理的時候，我並沒有驚訝，反倒像是有所預感似的，只等著一切事情發生。

那是一個平日，我去了其他縣市找朋友，回程是下午的高鐵。車上人不多，但我一走進我那一節車廂，就看到查理了。他和以前一樣幾乎未變，還是穿著那一件我很喜歡的毛衣，戴著耳機看書。我的座位號碼就在他的後面。查理抬起頭，看見我。

我走向他。

「天啊，妳應該不是在跟蹤我吧。」查理說。

「我為什麼要跟蹤你？」我說。

「嗯，總覺得妳什麼事情都做得出來。」

「我旁邊沒有人，你要坐過來嗎？」我說。

他坐過來，就在我旁邊。我看了一眼他的手，他仍然戴著戒指。他是去開一個跟影視募資有關的會議，我問他什麼時候從上海回來的。他說片很早就拍完了，現在都在後期。我告訴他我搬家了。他反問我是結婚了嗎？我說不是。怎麼還不趕快結婚呢。他像個長輩那樣說。倒是妳還寫東西嗎。「沒有，很少了。」我說。

「妳應該寫的，只要不要寫到我就好了。」查理說。

「你還在生氣嗎？」我問。

「生氣？都這麼久了，只是偶爾會想到而已。」

「你就算生氣也不會承認。」

「有嗎？那一次我不是就大發脾氣嗎。」查理說，「不過，我把那篇文章存下來，反覆看了很多次。我現在可真的是妳的忠實讀者了。」

「你看了很多次？為什麼。」

「想了解妳吧。」

「那你有了解了嗎？」我問。

「我也沒那麼花時間去想啦。」查理說。

我們停止說話。高鐵進入隧道，光在我們臉上一滅一亮。彷彿有什麼不知名的東西正從我們身上通過，時而打斷，時而行進。

「我可以問你一個問題嗎？」

「請問，」查理說，「妳向來問題很多。」

「那個時候，你是因為生活很痛苦，所以才跟我談戀愛的嗎？」

「我不明白妳這個問題。」

「就是字面上的意思。」

「不是。我不知道妳是預設了什麼答案，我想得到，大概又是一些覺得我很爛的答案。我搞婚外情，我不肯離婚，讓妳很恨我，我很抱歉。」

「我沒有真的很恨你。」

「是嗎？別裝了。妳文章裡都寫了。」

「我只是希望我夠好，好到讓你可以選擇我。」我說。

「那段時間我狀況的確很差，我應該都有告訴過妳。」

「對，如果你生活順遂，我們就不會開始了。」

「夠了，我覺得妳開始諷刺我了。怎麼回事，我們一定要這樣講話嗎？」

「因為這就是事實。」

「但我老實說，我的痛苦跟妳一點關係都沒有。」查理說，「這樣說，可能又會讓妳受傷了，但那是我的人生。我自己的事，與妳無關。」

「那你到底為什麼要跟我談戀愛？」我忍不住說。

「我為什麼跟妳戀愛？因為妳是一個很棒的人。」

「什麼？」

「妳很棒。因為妳是一個很棒的人，所以我想跟妳談戀愛。就這麼簡單。」

「是嗎？因為我很棒？」

「對。不然呢？難道我該跟一個很爛的人談戀愛？」

「原來你一直都覺得我很棒。」

「對。妳到底有什麼問題？」

我見到查理彷彿繼續說了些什麼，嘴巴一開一合。但高鐵再次穿過隧道。迎面的黑暗迫使我閉上眼睛，就連不存在的風都顯得很強勁。我看著查理的臉。他面無表情，彷彿還處在剛才我們看似爭執的情緒裡。他大概在想，這個女人怎麼一見面又問個不停。黑暗彷彿雀鳥般在我的眼睫上拍打。眼淚瞬間流出來。我不停哭，哭個滿臉，直到光重新回來後，我仍然坐在那裡，繼續流淚。

「妳在哭什麼？」查理很錯愕。

「我沒想到你會說出這種台詞。」我說。

離開隧道之後，我們就沒再繼續談這件事了。我問他和他太太處得如何。他也問我有沒有認識新的對象。談話中，我發現他開始看新的電影，立刻推薦了他一些新的片單。我們坐在一起，像個朋友那樣快樂說話。但我也不時看表，這一班列車再十分鐘到台北。我們的久別重逢，仍然是跟以前的每一次見面一樣，是有時間限制的。我發現查理在跟我想同一件事，因為他也看了好幾次表。我不知道今天會遇到妳。查理說。應該說，太好笑了。我怎麼可能想得到我會遇到妳。我有一本書想要給妳。但放在家裡。

「你知道見不到我。還特地留一本書給我嗎？」

「對。因為我常常想到妳。」

「你都什麼時候想到我？」

「我不知道。老實說，我覺得妳從來沒有離開過。」查理說。

「或許我們會在一起一輩子。」

「聽起來真可怕。」查理說。

「如果我們現在去你家拿那本書，可以嗎？」

「現在？妳要去我家？」查理說。「妳確定？」

「不是只是拿一本書而已嗎？」

「是。當然。」

「我可以在樓下等，你拿下來給我就好。」

「這樣好像有點奇怪。」查理笑了一下。「但妳真的要來？」

「你不要我去嗎？」

「我不知道——我只是，不那麼確定。」查理說，「妳確定嗎？」

我確定嗎？如硬幣往空中拋出的一瞬間，我問我自己。

「這個問題，」我說，「我現在就來想一想。」

（本作純屬虛構，與任何真實人物、團體、學校、公司行號無關）

蛻下的心

同樣從一個問題開始吧。

很久以前，我曾經問過小說家高翊峰一個問題——「所以那些小說，都是你的十年練習嗎？」詳細的提問已不可考，但背後的大意是：這一切，怎麼可能只是練習呢？時往至今，當我在寫這本小說的某個瞬間，突然意識到多年前自己問題的答案。說來好笑，大抵就是明白了「練習」是怎麼一回事。於我，那漫長的練習時光或許仍在進行。於是這本小說，彷彿是某段路途裡我蛻下的事物，不是殼，而是類似心的東西；在文學裡我所能做的，就是極盡可能的誠實。

感謝遠流出版的主編昀臻、行銷嘉悅，以及總編輯靜宜的寶貴建議，更敏銳指出「小問題」裡的各種大小問題，也相當貼心照顧了作者的心情。特別要感謝昀臻，如果不是她，大概不會有這本小說的誕生，畢竟我是對自己毫無信心之人。很謝謝她擔任了我的自信心。我喜歡我們每次一見面「不假他言」就直接坐下來聊作品的方式。感謝Bianco Tsai給了這本小說一個唇膏色的身體和關鍵之門。

感謝小說家張亦絢願意為這本小說作序。妳知道我愛妳。

謝謝所有慷慨賜名的推薦人，特別是《聯合文學》雜誌的總編輯兼小說家王聰威，提供了一些好用並具體的意見。謝謝政大台文所范銘如教授溫暖的信件鼓勵。謝謝插畫家61chi在寫作前期的陪伴。謝謝小說家洪茲盈在這段期間提供的聚會能量。謝謝所有曾經跟我一起關過電梯的人。

謝謝我的先生。在我向他報告「我現在要認真寫小說了喔」的時候，很簡單的說：那，需要我做些什麼嗎？小說是我一個人的嬰兒，但它畢竟還是會占據人生中極大一塊的重要位置。活在那裡面時，我幾乎無法考慮其他。而生活裡較為粗糙的事，並不會憑空消失，總是得有人去負擔。謝謝他。

感謝我的父親。

最後，小說書名借自攝影師任航的紀錄片《我有一個憂鬱的，小問題》，取其「小問題」中的「小」但實則「大」之意，特此說明。雖然寫不寫小說，都是自己的事，但這本小說於我而言，與其希望有所謂的「祕密讀者」，不如說，是為了某一群「（有）問題讀者」而寫的。關於愛，性與權力，人的狡詐、妒恨、哀傷與自我質疑。身負難以言說的事物時，我們往往都會刻意把它說得很小很小，就像一個犯了錯，怕被父母罵的孩子。

國家圖書館出版品預行編目(CIP)資料

我有一個關於不倫的,小問題 / 許俐葳著.
-- 初版. -- 臺北市 : 遠流出版事業股份有限公司, 2023.05
面； 公分
ISBN 978-626-361-092-7(平裝)

863.57 112004913

YLM40
我有一個關於不倫的，小問題
作者 / 許俐葳

主　　編 / 蔡昀臻
封面設計 / Bianco Tsai
美術編輯 / 丘銳致
行銷企劃 / 沈嘉悅
總 編 輯 / 黃靜宜

發 行 人 / 王榮文
出版發行 / 遠流出版事業股份有限公司
地址：104005 台北市中山北路一段11號13樓
電話：（02）2571-0297　傳真：（02）2571-0197
郵政劃撥：0189456-1
著作權顧問 / 蕭雄淋律師
輸出印刷 / 中原造像股份有限公司
2023年5月1日　初版一刷
2024年1月5日　初版三刷
定價350元

本書獲 文化部 MINISTRY OF CULTURE 青年創作補助

Printed in Taiwan
ISBN 978-626-361-092-7
遠流博識網 http://www.ylib.com E-mail: ylib@ylib.com